NAME: Justus Jonas
FUNKTION: Erster Detektiv
FRAGEZEICHENFARBE: weiß
BESONDERE MERKMALE: das Super
Meister der Analyse und Wortakrobat
schneller Schwimmer; zu Hause auf d
platz von Tante Mathilda und Onkel Titus; zupft beim Nachdenken an seiner Unterlippe
IST FAN VON: Tante Mathildas Kirschkuchen und Denksport aller Art

NAME: Peter Shaw
FUNKTION: Zweiter Detektiv
FRAGEZEICHENFARBE: blau
BESONDERE MERKMALE: für körperliche Herausforderungen immer zu haben, dafür kein Ass in der Schule; großer Tierfreund; Spezialist für Schlösser aller Art, die seinem Dietrichset einfach nicht standhalten können; neigt zu Vorsicht und Aberglauben
IST FAN VON: schnellen Autos (insbesondere seinem MG), der südkalifornischen Sonne, so ziemlich jeder Sportart

Die drei ???®

Die drei ???®

Im Haus des Henkers

erzählt von Marco Sonnleitner

Kosmos

Umschlagillustration von Silvia Christoph, Berlin
Umschlaggestaltung von eStudio Calamar, Girona, auf der Grundlage der Gestaltung von Aiga Rasch (9. Juli 1941 – 24. Dezember 2009)

MIX
Papier aus verantwortungsvollen Quellen
FSC® C014496
FSC www.fsc.org

Gedruckt auf chlorfrei gebleichtem Papier

Based on characters by Robert Arthur.

ISBN 978-3-440-14228-8
Redaktion: Anja Herre
Lektorat: Nina Schiefelbein
Grundlayout und Satz: DOPPELPUNKT, Stuttgart
Produktion: DOPPELPUNKT, Stuttgart
Printed in Germany/Imprimé en Allemagne

Die drei ???®

Im Haus des Henkers

Im Reich des Schlangendämons

Hinter den schroffen Bergspitzen erloschen die letzten Sonnenstrahlen in einem Meer von Blut. Zu früh. Viel zu früh. Jetzt konnte ihn nichts mehr aufhalten.

Gabriela Cooper blieb stehen. Sie würde die Kapelle nicht mehr erreichen. Weiter unten auf dem schmalen Gebirgsgrat verstummte das Gepolter der Kutsche. Natürlich. Seine dämonischen Gehilfen hielten an, um ihn aus seinem engen Gefängnis zu befreien. Schlugen die Decke zurück und entriegelten die Schlösser des riesigen Glassarges.

Sie zog den schweren Colt aus dem Halfter und überprüfte die Trommel. Sechs Kugeln, sechs großkalibrige Kugeln aus purem Silber. Eine für jedes Herz. Die abgesägte Schrotflinte und die restliche Munition hatte sie im Kampf gegen den Werwolf verloren. Nur dieser eine Colt war ihr geblieben und der stählerne Dolch. Aber den könnte sie höchstens verwenden, um ihrem eigenen Leiden ein schnelles Ende zu setzen. Auf seiner schuppigen Haut würde dieser Dolch nicht mal einen Kratzer hinterlassen.

Sie hatte nur noch eine Chance. Stehen bleiben, sich ihm stellen. Alle Konzentration auf die sechs Schüsse richten, die sie hatte.

Sie hob den Colt mit beiden Armen, stellte sich breitbeinig hin, zielte über Kimme und Korn. »Den Rückstoß miteinberechnen«, wiederholte sie, was ihr John gesagt hatte. »Das Adrenalin kontrollieren, den Atem vor jedem Schuss anhalten.« Doch die Chance, dass sie jedes Herz erwischte, bevor er bei ihr war, war verschwindend gering. John hatte es nicht einmal geschafft, seine Waffe aus dem Holster zu ziehen, bevor … bevor …

Gabriela zwang sich, nicht mehr an die zurückliegende Nacht zu denken, konzentrierte sich wieder auf die Wegbiegung, hinter der er jeden Moment auftauchen musste.

Und dann war er da! Der Schlangendämon! Der schreckliche Gebieter über das Heer dieser grauenvollen Geschöpfe, die seit letztem Winter ihr Dorf heimgesucht hatten. Ihn galt es zu vernichten. Er war der Grund allen Übels! Gabriela hob den Colt und der Schlangendämon schleuderte ihr ein heißes Fauchen entgegen.

Und dann war Schluss! Der dumpfe Bass der Titelmelodie setzte ein, auf der dunklen Leinwand stand »Ende Teil 1« zu lesen, der Vorhang schloss sich.

»Och nö, oder?« Zusammen mit ein paar dutzend anderen Kinobesuchern machte Bob seinem Unmut Luft. »Das ist jetzt aber nicht wahr!« Er sah nach links, wo seine Freunde saßen. »Gerade jetzt, wo es so richtig … Peter?«

Der Zweite Detektiv war verschwunden.

»Hier.« Peter schob sich nach oben. Ganz tief war er in seinen Sitz gesunken, sodass Bob ihn nicht mehr gesehen hatte. »Mann, war das gruselig. Ich dachte zwischenzeitlich, mir bleibt das Herz stehen. Dieser Schlangendämon, Skamaton … Heute Nacht mache ich bestimmt kein Auge zu.«

Das Licht im Saal ging an und Bob griff missmutig nach seiner Jacke. »Trotzdem fies, dass die jetzt Schluss machen. So etwas hasse ich!«

»Ich bin, ehrlich gesagt, ganz froh.« Peter zerknüllte seine Popcorntüte und atmete einmal tief durch.
Bob sah Justus an. »Deine Tante muss in einem ihrer vorigen Leben ein ziemlich düsteres Dasein geführt haben, wenn du mich fragst. Ihre Vorliebe für Horrorfilme war mir ja bekannt, aber der Streifen, den sie uns hier empfohlen hat, ist wirklich von der heftigen Sorte.«
»Und sie fiebert schon dem zweiten Teil entgegen.« Justus stand auf. »Ja, in den Abgründen von Tante Mathildas Seele scheint so manch dunkles Geheimnis verborgen zu liegen.«
Peter stupste seinen Freund an. »Los, Erster, geh schon, ich muss an die frische Luft.«
Draußen hatte der Regen endlich aufgehört. Als die drei Freunde vor dem Rex-Filmpalast standen, glänzte der dunkle Asphalt zwar noch feucht im Licht der Kinoreklame, aber der Himmel war sternenklar.
»Noch jemand Lust auf einen Milchshake oder ein Eis?« Bob nickte hinüber zu Luigis Eisdiele. »Luigi hat noch auf, wie es aussieht.«
Justus schüttelte den Kopf. »Wie ihr wisst, erwartet uns morgen eine jener berüchtigten Physikklausuren von Mrs Fulham. Davor würde ich meinen grauen Zellen gerne die nötige Ruhe gönnen.«
»Ich bin auch müde«, sagte Peter. »Der Film hat mich echt geschafft. Lasst uns nach Hause fahren.«
Wegen des Regens hatten die drei Detektive den Bus ins Stadtzentrum von Rocky Beach genommen. Vom Kino waren es keine fünf Minuten zum Busbahnhof, und an einem der Bussteige wartete auch schon die Linie, die sie zum

Schrottplatz bringen würde. Dort hatten sich die Jungen am frühen Abend getroffen und dort standen auch Peters und Bobs Fahrräder.

Der Bus war nahezu voll besetzt und der Grund dafür war offensichtlich. Einer der Fahrgäste hatte eine Kokosnuss in der Hand, ein anderer einen lila Plüschtiger, zwei aßen Corn-Dogs, einer Kotelett am Stiel, zwei junge Mädchen teilten sich ein Elefantenohr mit Puderzucker, während ihre Freundin fädenziehende Käse-Nachos aus einer Tüte klaubte. Und noch einige andere sahen einfach nur fröhlich, aufgeregt oder zerzaust aus. Sie alle kamen wohl vom alljährlichen Jahrmarkt, dem Rocky Beach County Fair, der gerade am östlichen Rand des Palisades Parks sein Lager aufgeschlagen hatte.

»Dahinten sind noch Plätze frei!« Peter deutete auf eine Gruppe von zwei einander gegenüberliegenden Zweiersitzen im hinteren Teil des Busses. Justus und Bob folgten ihm schnell, bevor sich andere die Plätze schnappten.

Kurz darauf ließ der Busfahrer den Motor an und wollte schon die Türen schließen, als noch ein blasser junger Mann an der hinteren Tür einstieg. Oder doch nicht? Bob bemerkte, dass er zögerte, so als wüsste er nicht, ob er wirklich mitfahren wollte.

»Wollen der Herr jetzt rein oder nicht?«, fragte der Busfahrer über sein Mikro und schaute dabei in den Rückspiegel. Einige Passagiere lachten.

Der junge Mann lächelte verlegen und stieg ein. Während der Bus losfuhr, sah er sich unsicher um und knetete dabei eine durchsichtige Tüte mit rosa und weißen Marshmallows in seinen Händen.

Schließlich bemerkte er den freien Platz bei den drei Jungen, traute sich aber offenbar nicht zu fragen, ob er sich setzen dürfe.

»Der Platz hier ist frei.« Justus rückte demonstrativ ein Stück weiter zum Fenster.

»Da-danke«, sagte der junge Mann leise und wurde ein wenig rot dabei. Ungelenk ließ er sich gegenüber von Bob nieder, machte sich auf seinem Sitz so schmal wie möglich und sah zu Boden.

Der dritte Detektiv überlegte kurz, ob er sein Gegenüber ansprechen und ihm so die Befangenheit nehmen sollte. Aber er hatte das Gefühl, dass der junge Mann lieber in Ruhe gelassen werden wollte. Daher wandte er sich an seine Freunde: »Wir sollten da auch noch hingehen, was meint ihr?« Bob zeigte aus dem Fenster, wo in einiger Entfernung die bunten Lichter des Jahrmarktes zu erkennen waren. »Der geht nur noch bis Sonntag, soviel ich weiß.«

»Ich war schon mit Kelly«, sagte Peter. »Ist ja immer ganz nett da, aber auch ziemlich teuer.«

»Nur wir drei, das wäre doch ein Spaß!«, meinte Bob.

Justus schien das etwas anders zu sehen. »Gegen eine gemeinsame Unternehmung ist grundsätzlich nichts einzuwenden, aber der Unterhaltungswert einer solchen Veranstaltung ist doch sehr überschaubar.«

»Na ja, *Im Reich des Schlangendämons* war jetzt auch nicht unbedingt nur was für geistige Überflieger«, konterte der dritte Detektiv.

Der Bus hielt an der nächsten Station. Zwei Fahrgäste stiegen aus, drei ein. Die Fahrt ging weiter.

»Das kann man auch anders sehen. Wenn man die Figur der Gabriela Cooper einmal genauer betrachtet, verkörpert sie im Genre des Horrorfilms einen durchaus emanzipatorischen Ansatz.«

»Ach, Kollegen, entspannt euch doch einfach nur, hm?« Peter rekelte sich auf seinem Sitz. »Denken ist erst morgen wieder angesagt.«

Ein Handy piepste. Es war das Handy des jungen Mannes, der bei dem ersten Ton leicht zusammenzuckte. Wieder zögerte er, fischte dann das Telefon aus seiner inneren Jackentasche und sah auf das Display. Offenbar hatte er eine SMS erhalten.

Die drei ??? beobachteten den Mann unauffällig. Sie konnten nicht anders. Zu eigenartig war sein Verhalten. Er starrte bewegungslos auf den kleinen Bildschirm. Sein Atem ging rascher und aus seinem ohnehin schon blassen Gesicht wich auch noch der letzte Rest Farbe. Seine Hand schien sogar leicht zu zittern.

Bevor Bob jedoch etwas auf dem Display erkennen konnte, drückte der Mann die Nachricht weg und steckte sein Handy ein.

»Alles in Ordnung?«, fragte Peter vorsichtig. Er hatte das Gefühl, dass der Mann gleich ohnmächtig vom Sitz kippte.

Der Mann erwiderte nichts. Er schien den Zweiten Detektiv gar nicht gehört zu haben.

»Geht es Ihnen gut?« Bob beugte sich leicht nach vorne.

»Was?« Der Mann schrak auf. »Ja, ja. Ja. Alles gut, alles gut.«

Der dritte Detektiv hatte einen ganz anderen Eindruck, nickte jedoch.

Der Bus hielt wieder. Diesmal stiegen mehr Leute aus. Einige Sitze wurden frei.
Als der Bus wieder angefahren war, holte der junge Mann das Handy noch einmal aus der Tasche und starrte erneut auf das Display.
Unwillkürlich sahen auch die drei Jungen dorthin. Auf dem Display war nichts Ungewöhnliches zu sehen. Fragende Blicke gingen zwischen ihnen hin und her. Irgendetwas stimmte mit dem Typen doch nicht. Peter verzog ganz leicht den Mundwinkel, als Justus ihn ansah. Vielleicht war der Kerl gar nicht schüchtern und unsicher, sondern irgendwie nicht ganz richtig im Kopf. Womöglich sogar gefährlich?
Dann tippte der Mann auf die Neun. Ganz langsam, wie in Zeitlupe. Die drei ??? konnten es genau beobachten. Danach die Eins. Und nach einem kurzen Zögern noch einmal die Eins.
911! Die Notrufnummer!
Der Mann hob das Handy ans Ohr und wartete. Dass ihn die drei ??? nun ihrerseits anstarrten, merkte er gar nicht. Er schien gar nichts mitzubekommen, wirkte völlig apathisch.
»Mein Name ist Rudy Carlisle«, sagte er plötzlich mit brüchiger Stimme. »Ich wohne in der Kennedy Street 254 in Rocky Beach und habe vor einer Stunde den Juwelier Kyle Caldwell in der Main Street ausgeraubt.«

Hut? Heiligenschein?

Carlisle legte auf, steckte sein Handy in die Tasche und stierte wieder genauso teilnahmslos vor sich hin, wie er das die ganze Zeit getan hatte.

Die drei ??? waren völlig perplex und Peter verspürte den Impuls, aufzuspringen und den Kerl sofort dingfest zu machen. Aber hatte Carlisle dies nicht gerade selbst getan? Er hatte Namen und Adresse genannt und ein astreines Geständnis abgeliefert. Die Polizei musste ihn nur noch zu Hause auflesen.

Das Ganze war ausgesprochen seltsam. So etwas hatten die drei Detektive noch nicht erlebt. Aber sie reagierten äußerst professionell. Jetzt kam ihnen die Erfahrung zugute, die sie im Laufe ihrer langen detektivischen Karriere hatten sammeln können. Und die sagte ihnen, dass sie sich besser so unauffällig wie möglich verhielten und so taten, als wäre nichts geschehen. Dieser Typ war absolut undurchschaubar und unberechenbar. Wer weiß, dachte Peter, was der Kerl unter seiner Jacke hat und wozu er fähig ist, wenn wir jetzt Alarm schlagen. Ähnliches ging Bob durch den Kopf, und auch Justus' Blick, den er seinen Freunden unauffällig zuwarf, mahnte zur Vorsicht.

Den anderen Fahrgästen war der unglaubliche Vorgang, der sich gerade abgespielt hatte, verborgen geblieben. Niemand von ihnen ahnte, mit wem sie da im städtischen Bus durch das nächtliche Rocky Beach nach Hause fuhren.

Erneut sah Justus seine Freunde an. Doch jetzt war sein Blick ein anderer. Er war intensiv, hellwach und versuchte ihnen irgendetwas mitzuteilen. Peter und Bob schauten fragend, doch Justus konnte ihnen nicht mehr sagen. Dann streckte sich der Erste Detektiv, als müsse er seine müden Glieder einrenken, gähnte übertrieben und schlug sich mit beiden Händen auf die Knie. »Also, Leute. Die nächste Station ist meine. War schön heute Abend. Wir sehen uns dann morgen in der Schule.«

Die nächste Station ist meine? Peter sah aus dem Fenster. Sie befanden sich südlich des Villenviertels. Die Sunrise Road, an der der Schrottplatz lag, war noch mindestens vier oder fünf Stationen entfernt. Auch Bob verstand nicht, was Justus vorhatte. Was wollte er hier? Klar war nur, dass der Erste Detektiv nicht wollte, dass sie mit ausstiegen.

»Macht's gut, ihr zwei!« Justus stand auf, hob die Hand und drehte sich um.

Peter und Bob grüßten verhalten. Dann beobachteten sie, wie ihr Freund zur vorderen Tür ging, dort stehen blieb und sich an einer der Halteschlaufen festhielt. Carlisle konnte ihn nicht sehen, er saß mit dem Rücken zur Fahrtrichtung.

»Nächste Station Hillside Drive!«, verkündete die Bandansage des Busses. Das Fahrzeug kam zum Stehen, drei Passagiere stiegen hinten, zwei vorne aus. Die Türen schlossen sich wieder, der Bus fuhr weiter.

Justus war nicht ausgestiegen. Er warf einen Blick nach hinten. Carlisle saß weiterhin unbeweglich wie eine Mumie auf seinem Sitz. Dann gab der Erste Detektiv seinen Freunden merkwürdige Zeichen. Er deutete auf sich und dann auf den Busfahrer, ließ seine rechte Hand auf- und zuschnappen,

legte Daumen und kleinen Finger an Ohr und Mund und fuhr sich schließlich mit dem Zeigefinger in einer kreisförmigen Bewegung um den Kopf.
Er will mit dem Busfahrer reden und telefonieren, verstand Peter. Aber was meint er mit dem Hut?
Ein Heiligenschein? Bob hatte keine Ahnung, wie Justus jetzt auf einen Heiligenschein kam.
Der Erste Detektiv stellte sich direkt hinter den Busfahrer und räusperte sich. »Entschuldigen Sie, Sir, ich muss …«
»Junge, du musst gar nichts!«, fuhr ihm der Mann über den Mund. »Vor allem nicht mit mir sprechen während der Fahrt. Kannst du lesen?« Er zeigte nach oben.
Justus musste nicht hinaufblicken. Er wusste auch so, welches Schild da hing. »Ich weiß! Aber es ist ein Notfall!«
»Ein Notfall?« Der Mann fuhr kurz herum, schaute Justus irritiert an. Dann sah er wieder auf die Straße. »Wovon, zum Teufel, sprichst du?«
»Bitte fahren Sie weiter! Bleiben Sie ruhig und lassen Sie sich nichts anmerken!«, flehte Justus. »Das ist wichtig!«
»Was für ein Notfall?« Der Fahrer war alles andere als ruhig. »Hat sich jemand verletzt?«
»Nein, es handelt …«
»Schwanger? Haben die Wehen eingesetzt? Aber nicht in meinem Bus! Ich will hier keine …«
»Nein, Sir, lassen Sie mich doch bitte …«
»Eine Bombe!«, hauchte der Mann. »Wir haben eine Bombe an Bord!«
»Sir! Bitte!«, stieß Justus hervor. »Hören Sie mir doch zu!«
»Was, zum Geier, ist los? Red schon, Junge!«

Versuche ich ja die ganze Zeit!, dachte Justus. »Folgendes. Dahinten sitzt ein Mann, der eben über sein Handy die Polizei informiert hat, dass er vor einer Stunde einen Juwelierladen überfallen habe.«
Der Busfahrer sah ihn erneut an. »Du willst mich wohl auf den Arm nehmen!«
»Nein, Sir, das ist sicher nicht meine Absicht. So unglaublich es klingt, aber es besteht tatsächlich der dringende Anlass zu der Vermutung, dass die Äußerung des Mannes alles andere als ein Scherz ist. Sein ganzes Verhalten, der Eindruck, den er macht – er meint es ernst!«
»Du … du veräppelst mich nicht?«
»Nein, Sir, mitnichten.«
»Donnerlittchen! Ein Gauner, der sich selbst anzeigt!« So halbwegs schien der Fahrer Justus zu glauben. »Aber man hat ja auch schon Pferde vor der Apotheke kotzen sehen, nicht wahr. Nur – wieso soll das ein Notfall sein?«
»Weil ich den Eindruck habe, dass der Mann nicht ganz bei Sinnen ist und womöglich zu Kurzschlusshandlungen neigen könnte. Und Sie haben den Bus voller Passagiere.«
Der Fahrer atmete hörbar ein. Allmählich begriff er, wo das Problem lag. »Steht er unter Drogen? Ist es das? Du denkst, dass er gleich austickt und um sich ballert?«
»Ich weiß es nicht. Aber ich halte es für angeraten, dass Sie möglichst unauffällig über Funk die Polizei zur nächsten oder übernächsten Haltestation beordern. Die Beamten sollten allerdings in Zivil erscheinen und sich erst so spät wie möglich zu erkennen geben, um kein Aufsehen zu erregen.«
»Und die Passagiere? Wie sollen wir die in Sicherheit bringen?«

Justus dachte einen Augenblick nach. »Erfinden Sie eine Panne. Der Motor sei überhitzt, alle müssten aussteigen und auf den nachfolgenden Bus warten, irgendetwas in der Art. Ich würde als Erster aussteigen und die Polizisten auf unseren Mann aufmerksam machen, damit sie ihn im richtigen Moment in Gewahrsam nehmen können.«
»Okay, könnte klappen.« Der Busfahrer sah Justus aus den Augenwinkeln an. »Sprichst du eigentlich immer so?«
»Wieso? Wie spreche ich denn?«
»Egal.« Der Fahrer griff zum Funkgerät und ließ sich über seine Zentrale mit der Polizei verbinden. Eine Streife war bereits auf dem Weg zur Kennedy Street, doch die Beamten hielten es ebenfalls für besser, wenn sie Carlisle an der nächsten Station abpassten.
»Je eher wir den Kerl haben, desto besser«, meinte der Polizist am Funkgerät. »Wir kommen zu Ihnen.«
Justus sah wieder nach hinten zu Peter und Bob. Die beiden warteten schon auf ein Zeichen von ihm und fingen seinen Blick sofort auf. Der Erste Detektiv hob den Daumen, was Peter und Bob allerdings auch nicht viel schlauer machte. Was war okay? Hier war gar nichts okay.
»Sehr verehrte Fahrgäste«, ertönte plötzlich die Stimme des Fahrers aus den Lautsprechern. »Wir haben leider ein kleines Problem. Meine Temperaturanzeige hier vermeldet, dass der Motor kurz davor ist, den Geist aufzugeben. Sie müssen leider an der nächsten Station aussteigen und den nachfolgenden Bus nehmen.«
Lautes Murren war zu vernehmen, ein Mann schimpfte und rief irgendetwas von wegen Steuergeldern.

»Tut mir leid, Leute, aber es geht nicht anders. Ich habe in der Zentrale Bescheid gesagt. Der andere Bus hat genügend Platz, alle kommen unter. Er wird in ungefähr dreißig Minuten hier sein.«

Carlisle zeigte immer noch keine Regung. Peter und Bob hätten nicht einmal sagen können, ob er die Durchsage überhaupt mitbekommen hatte. Irgendein Rädchen lief in dessen Oberstübchen nicht rund.

Als der Bus an der Oak Road hielt, stieg Justus wie angekündigt als Erster aus und lief zu den Polizisten. Die Beamten, sechs an der Zahl in zwei Autos, waren zwar in Zivil erschienen, aber ihre gespannte Haltung, der aufmerksame Blick und nicht zuletzt die Beulen unter den Jacken, die sicher von ihren Dienstwaffen herrührten, waren für Justus Hinweis genug. Während hinter ihm die Passagiere nach und nach den Bus verließen, teilte er den Polizisten mit, was geschehen war. Die Männer hörten konzentriert zu und brachten sich anschließend unauffällig in Stellung. Drei von ihnen positionierten sich ein Stück rechts des Ausstiegs, drei links. Die Hände auf Hüfthöhe, die Augen scheinbar irgendwohin gerichtet, aber jeder von ihnen hatte nur Carlisle im Blick.

Peter und Bob erhoben sich, nickten Carlisle kurz zu, der scheu zurücklächelte, und begaben sich zum Ausgang. Immer noch war ihnen nicht klar, was hier gespielt wurde. Aber an die Sache mit dem Motorschaden glaubte keiner der beiden. Carlisle ließ noch ein Pärchen passieren und stand dann ebenfalls auf.

Auf dem Treppenabgang bemerkte der Zweite Detektiv die Männer rechts und links des Busses. Und jetzt verstand er.

Das war okay, *das* hatte Justus gemeint! Signallicht, nicht Hut!
Bob sah zuerst Justus, der sie unauffällig zu sich herwinkte, dann entdeckte auch er die sechs Polizisten. Signallicht, kein Heiligenschein! Schnellen Schrittes näherten sich die beiden Detektive ihrem Freund. Dann drehten sich alle drei um.
Als das Pärchen draußen war und Carlisle in der Türöffnung stand, sprangen die Beamten gleichzeitig und mit gezogenen Waffen nach vorne. »Hände hoch!«, schrie der vorderste von ihnen. »Rauskommen und auf den Boden legen! Los!«
Carlisle erschrak bis ins Mark. Es warf ihn förmlich wieder die Stufen hinauf. »Aber … w-was …?«, stotterte er und ließ die Tüte mit den Marshmallows fallen.
»Los, raus! Machen Sie keinen Blödsinn! Hände hoch!«
»Bitte! T-tun Sie mir nichts!«
»Auf den Boden!«
Carlisle zitterte am ganzen Körper. Er war kaum in der Lage, die letzte Stufe hinabzusteigen. Als er draußen war, kniete er sich sofort hin. Drei der Beamten sprangen hinzu und drückten ihn unsanft auf den Asphalt.

Maskenmänner

Nach der Schule wartete am nächsten Tag Arbeit auf die drei ???. Onkel Titus hatte mal wieder seinen Schuppen ausgemistet und dabei einige alte Kisten mit Kinderspielzeug entdeckt, das er gewinnbringend verkaufen wollte. Dazu musste es allerdings erst einmal auf Vordermann gebracht werden, was Tante Mathilda kurzerhand den drei Jungen übertragen hatte. Also ließen sie sich nach dem Mittagessen im staubigen Zwielicht des blechernen Verschlages auf dem Boden nieder und rückten den alten Spielsachen mit allerlei Werkzeug, Putzmitteln und Lappen zu Leibe.

»Ein Holzgorilla!« Peter drehte die faustgroße, reichlich verschrammte Figur missmutig in seiner Hand. »Welches Kind spielt denn bitte noch mit so etwas? Heute jagen doch schon dreijährige Kids ihre virtuellen Monstergorillas über den Bildschirm.« Der Zweite Detektiv war alles andere als gut gelaunt, was hauptsächlich an Mrs Fulhams Physikklausur lag. Die hatte er nach eigenem Bekunden gründlich in den Sand gesetzt.

»Das mag sein«, erwiderte Justus, der die Nähte einer alten Plüschfledermaus auf Risse untersuchte, »wobei die haptische Qualität gerade solcher Art von Spielzeug in zunehmendem Maße wieder pädagogische Anerkennung erfährt.«

»Hm.« Peter runzelte genervt die Stirn und holte sein schlaues Büchlein hervor. Er hatte es sich vor einiger Zeit zugelegt, um unverständliche Wörter nachschlagen zu können, mit denen Justus so gerne um sich warf. *Haptisch,* stand da zu lesen, *den Tastsinn betreffend.* »Vielleicht hätte man dir als Kind auch so was zum Spielen geben sollen, anstatt dich in Fremdwörterbücher zu tunken.«

Bob grinste. »Nette Vorstellung. Aber dieses Ding hier hätte Klein Justus bestimmt auch gefallen.« Er stellte einen Drehkreisel auf den Boden und drückte auf den Achsstab, der oben aus dem Kreiselkörper ragte. Mit einem leise surrenden Geräusch begann sich der Kreisel, auf dessen Oberseite eine rote Spirale aufgemalt war, zu drehen.

Peter ließ seinen Kopf mitkreiseln. »Macht einen ja ganz wuschig im Kopf, das Ding. Ich glaube, die gibt's heute aber schon mit Leuchtdioden, die hektisch blinken, und Soundeffekten. Polizeisirene zum Beispiel.« Der Zweite Detektiv ließ ein schauerliches Heulen ertönen.

»Und wieso kennst du dich da so gut aus?« Bob lächelte seinen Freund verschmitzt an.

»Äh … ich habe das mal gesehen. Und gehört. Im Fernsehen oder so«, verteidigte sich Peter.

»Im Kinderkanal?«

»Nein! Quatsch! Vielleicht war's auch …«

»Telefon, Kollegen!«, rettete Justus den Zweiten Detektiv aus seiner misslichen Situation. Er zog ihr Firmenhandy aus der Tasche, das leise vibrierte. »Ein Anruf in der Zentrale. Ich habe eingehende Gespräche auf unser Handy weitergeleitet.« Er hob das Mobiltelefon zum Ohr. »Hier Justus Jonas von den drei Detektiven? … Inspektor Cotta, guten Tag! Was können wir für Sie tun? … Ja … Das ist richtig … So ist es … Jawohl … Aha! Wenn Sie meinen, gerne … Keine Ursache … Dann bis später.« Justus legte auf.

»Hörte sich so an, als würdest du uns gleich von unseren Sklavendiensten hier erlösen«, sagte Peter hoffnungsvoll.
»Cotta würde uns gerne sprechen. Wegen der Sache gestern Abend im Bus.«
»Aber wir haben seinen Kollegen doch schon alles gesagt«, meinte Bob.
Justus legte seine Fledermaus zurück in die Kiste. »Das ist ihm bewusst. Aber er möchte trotzdem noch einmal mit uns reden. Er meinte – ich zitiere –, dass sich Profis wie wir vielleicht noch an Einzelheiten erinnern, die von Bedeutung sein könnten.«
Peter machte große Augen. »Das hat er gesagt? Unser Cotta?«
»Genau so.«
»Da fragt man sich doch, warum er uns dermaßen Honig ums Maul schmiert.«
Bob wischte sich die Hände an einem Lappen ab. »Allerdings. Das ist ja sonst nicht so seine Art.«
Justus stand auf. »Finden wir es heraus, Kollegen.«
Tante Mathilda war gar nicht begeistert, dass die Jungen die Arbeit schon wieder niederlegten. Doch gegen einen Anruf aus dem Police Department, das die Jungen als Zeugen einbestellte, konnte selbst sie nichts ausrichten.
»Dass ihr Jungen aber auch immer in solche Sachen geraten müsst!« Grummelnd sah sie zu, wie die drei in Bobs Käfer stiegen. »Aber vergesst mir das Spielzeug nicht, ja? Habt ihr wenigstens aufgeräumt dadrinnen?« Sie zeigte zum Schuppen.
»Ja, Tante. Bis nachher!« Justus winkte aus dem Fenster und Bob fuhr vom Hof.

»Haben wir aufgeräumt?«, fragte Peter verdutzt.
Justus zuckte die Schultern. »Ich war schon immer der Meinung, dass der Begriff ›Aufräumen‹ nicht klar definiert ist. Meine Fledermaus jedenfalls liegt wieder in ihrer Kiste.«

Inspektor Cotta erwartete die drei Detektive in seinem Büro. Er kannte die Jungen aus vielen zurückliegenden Fällen, in denen sie zusammengearbeitet hatten. Und auch wenn er es oft lieber gesehen hätte, wenn sie einem anderen Hobby als der Jagd auf Verbrecher nachgegangen wären, war er sich ihrer Qualitäten als Detektive durchaus bewusst. Und heute war das offenbar ganz besonders der Fall.
Drei Stühle standen vor seinem Schreibtisch, als die Jungen eintraten, und drei Gläser auf dem Tisch, daneben eine Karaffe mit Wasser. Wenn sie sich sonst hier getroffen hatten, hatten sie sich die Stühle meist selbst holen müssen, und zu trinken hatte es bisher noch nie etwas gegeben. Außerdem empfing sie Cotta mit Handschlag und lächelte.
»Setzt euch! Danke, dass ihr so schnell gekommen seid. Wollt ihr Wasser? Oder was anderes?«
Die drei Jungen blickten sich an. Was war denn hier los? Sie lehnten alle drei dankend ab und nahmen Platz.
»Also.« Cotta holte umständlich Luft und begab sich zu seinem Bürostuhl. »Ihr zwei wisst auch, warum ihr hier seid?« Er sah Peter und Bob an. Und lächelte schon wieder.
Die beiden nickten misstrauisch. Natürlich. Sie waren ja nicht Justus' Hündchen und liefen ihm blind hinterher.
»Justus hat es uns erzählt«, sagte Bob. Sicherheitshalber.
»Gut. Sehr gut. Vielleicht …«, Cotta räusperte sich, »… ist

es am besten, wenn ihr mir einfach noch einmal erzählt, was da gestern Abend in dem Bus geschehen ist. Von Anfang an. Alles, was ihr wisst. Jedes Detail. Nichts auslassen. Lasst es einfach fließen. Alles kann wichtig sein.«

Ist ja gut, dachte Peter, wir haben es verstanden.

»Vielleicht …«, entgegnete Justus, »… ist es aber auch besser, wenn Sie uns erst einmal erzählen, was hier los ist.« Auch er lächelte jetzt.

»Wie? Was meinst du?«

»Die Stühle, die Gläser, ›Wollt ihr Wasser oder was anderes?‹« Justus gab sich betont arglos. »Das meine ich.«

»Vergiss nicht ›Danke, dass ihr so schnell gekommen seid‹«, ergänzte Bob.

»Und ob wir beide auch wissen, warum wir hier sind.« Peter zwinkerte treuherzig. »Ganz abgesehen von ›Lasst es fließen, jedes Detail ist wichtig, nichts auslassen‹ und so weiter.«

Justus sah Cotta an. »Also?«

Cotta ließ sich in seinen Stuhl sinken, seufzte hörbar und kratzte sich am Kopf. »Euch kann man nichts vormachen.«

»Nein, kann man nicht«, bestätigte Peter.

»Dass wir hier sind, weil es mit Rudy Carlisle eine besondere Bewandtnis hat, war uns schon in dem Moment bewusst, in dem Sie uns Profis genannt haben«, sagte Justus. »Eine derart überschwängliche Wertschätzung unserer Fähigkeiten gehört nicht zu Ihren üblichen Gepflogenheiten.«

Cotta verzog das Gesicht und lehnte sich wieder nach vorne. »Wenn es nur Carlisle wäre.«

Die drei ??? wurden ernst. Neugierig schauten sie Cotta an.

»Wie … meinen Sie das?« Bob schüttelte den Kopf.

»Hier. So meine ich das.« Cotta legte seine linke Hand auf einen Stapel Akten, der sich auf seinem Schreibtisch befand. »Wir haben ein Problem.« Cotta ließ seinen Finger durch die Luft kreisen, um zu signalisieren, dass er mit *wir* sein Department meinte. »Ein Problem, für das wir bis jetzt nicht den kleinsten Ansatz einer Lösung gefunden haben.«
Justus sah auf den Aktenstapel. *Rudy Carlisle, Rocky Beach*, stand auf dem Deckblatt des obersten, recht spärlich gefüllten Ordners. Die beiden Akten darunter waren nur geringfügig voller.
Cotta fuhr fort: »Carlisle ist jetzt der dritte Einbrecher, der sich in den letzten zehn Tagen kurz nach seiner Tat gestellt hat. Der erste raubte ein Schmuckgeschäft in Beverly Hills aus, der zweite den Uhrenladen am Alto Drive, und über Carlisle wisst ihr ja selbst Bescheid. Und jeder der drei kam quasi direkt nach der Tat zu uns und hat ein Geständnis erster Klasse abgelegt.«
Peter zuckte die Schultern. »Ist doch super. Spart Ihnen 'ne Menge Arbeit.«
»Wieso bearbeiten Sie den Raub in Beverly Hills?«, fragte Justus und drehte unauffällig die Ordner ein wenig zur Seite. Die Sache klang spannend.
»Weil der Täter ebenfalls in Rocky Beach wohnt. Und ja, Peter, das wäre super – wenn die Umstände nicht so merkwürdig wären.«
»Inwiefern?« Auch Bobs Interesse war geweckt.
Cotta legte die Stirn in Falten. »Mal abgesehen davon, dass es normalerweise nicht die Art von Kriminellen ist, sich uns nach der Tat auf einem Präsentierteller anzubieten, wollte

uns keiner der drei Kanarienvögel sagen, wie genau er die Tat begangen hat, und vor allem nicht, wo er die Beute versteckt hat. Von der fehlt nämlich in allen drei Fällen jede Spur.«

»Die haben einfach nur angerufen und gesagt, ich war's, und sich verhaften lassen? Einfach so?« Peter zog die Nase kraus. »Ist dann doch ein bisschen seltsam.«

»Gibt es Zeugen? Oder wurden in den Geschäften vielleicht Überwachungsfotos oder so etwas von den Einbrechern gemacht?« Justus drehte die Akten noch ein Stück zu sich herum, als Cotta sich kurz angestrengt die Augen rieb.

»Zeugen nein, Aufnahmen ja. Die Einbrüche fanden stets nach Ladenschluss statt. Die Täter trugen Skimasken. Aber weder die Masken noch die Kleidung, die die Diebe trugen, haben wir bei unseren drei … Geständigen gefunden.«

»Sie glauben ihnen nicht, oder?«, stellte Bob fest.

Cotta zögerte mit einer Antwort, sah aus dem Fenster seines Zimmers in das angrenzende Großraumbüro. »Ich sag's mal so: Die Sache stinkt. Aber ich habe keine Ahnung, wo ich nach dem toten Fisch suchen muss. Deswegen brauchen wir jeden Anhaltspunkt, den wir nur bekommen können. Also? Woran könnt ihr euch erinnern? Was war gestern Abend in dem Bus los?«

»Matthew Crouch?«, rief Justus auf einmal überrascht. »Aus Santa Monica?«

Cottas Blick fiel auf die Aktenordner. »Justus! Wirst du das wohl sein lassen! Das geht euch nichts an!« Schnell drehte er die Ordner wieder zu sich. »Das sind interne Polizeiinfos!«

»Aber wir kennen Matthew! Wenn das unser Matthew ist.

Was zu befürchten ist, denn es dürfte nicht allzu viele Matthew Crouchs in Santa Monica geben. Darf ich mir die Akte einmal ansehen? Bitte!« Justus griff nach dem Ordner. Cotta legte schnell die Hand drauf. »Nein, Justus, darfst du nicht! Sagte ich doch schon!«
»Matthew Crouch?« Jetzt erinnerte sich auch der Zweite Detektiv. »Der Gargoyle? Aus Stephen Barons Schloss?«
Cotta blinzelte verwirrt. »Gargoyle? Stephen Baron? Wovon, zum Teufel, redet ihr?«
»Unmöglich!« Bob schüttelte heftig den Kopf. »Das kann nicht sein! Das kann nicht unser Matthew sein!«
Der Erste Detektiv schaute Cotta inständig an. »Bitte! Sie müssen uns die Akte zeigen! Hier liegt mit Sicherheit ein Irrtum vor!«
Aber Cotta blieb hart. »Tut mir leid, Jungs. Das kann ich nicht tun!«

Eine erste Spur

Die Zeugenaussagen der drei Detektive brachten wie erwartet keine neuen Erkenntnisse. Cotta nahm aufmerksam und geduldig auf, was die Jungen ihm erzählten, und entließ sie dann wieder. Allerdings fiel es den drei ??? auch schwer, sich auf die Ereignisse des vergangenen Abends zu konzentrieren. Jedem von ihnen spukte Justus' Entdeckung im Kopf herum, und auch Cottas Unnachgiebigkeit war ihrem Erinnerungsvermögen nicht gerade förderlich.

»Mann!«, machte Peter seinem Ärger Luft, als sie das Police Department verließen. »Der hätte uns doch wirklich was sagen können, oder? Ich meine, wir reden hier von Matthew, der einen Einbruch verübt haben soll! Das ist ungefähr so, als würde jemand behaupten, ein … Goldhamster hätte Mike Tyson aus dem Ring geprügelt!«

Bob und Justus lachten. Peter hatte recht. Der Matthew, den sie damals kennengelernt hatten, war an Harmlosigkeit kaum zu überbieten gewesen. Keiner von ihnen konnte sich auch nur ansatzweise vorstellen, dass ausgerechnet er den Uhrenladen am Alto Drive ausgeraubt haben sollte.

»Wenn es nur nach Cotta gehen würde, hätte er uns die Informationen wahrscheinlich auch gegeben«, sagte der dritte Detektiv. »Aber als Polizist sind ihm eben die Hände gebunden.«

»Was uns aber nicht daran hindern muss, eigene Nachforschungen anzustellen.« Justus schaute seine Freunde an. »Ich denke, wir sind uns hier einig, Kollegen, oder?«

»Aber unbedingt!« Peter machte ein grimmiges Gesicht.
»Rettungsaktion Matthew Crouch läuft hiermit an!« Bob reckte die Faust.
Die drei ??? liefen zu Bobs Käfer. Fünf Minuten später bog der dritte Detektiv auf den Highway Number One Richtung Süden ein und eine Viertelstunde darauf passierten sie die Ortsgrenze von Santa Monica.
»Und ihr findet da wirklich noch hin?«, fragte Justus.
»Kein Problem«, meinte Peter.
Bob nickte. »Wir waren zwar nur einmal da, als wir ihn nach der Geschichte auf Barons Anwesen besucht haben, weil er wissen wollte, wie die Sache ausgegangen ist. Aber ich bin mir sicher, dass wir das Haus wiederfinden.« Bob setzte den linken Blinker.
»Ich erinnere mich«, sagte Justus. »Der Arme war damals fix und fertig und wollte so schnell wie möglich nach Hause.«
Kurz darauf hielt der Käfer vor einem kleinen Haus in der San Lorenzo Street. Es war das letzte von dutzenden fast gleich aussehenden einstöckigen Gebäuden, die sich in dieser Vorortstraße aneinanderreihten. Weiße Holzverschalung, zwei Rhododendronbüsche neben der Tür, Einfachgarage mit Rolltor, zur Straße hin abfallende, kleine Rasenfläche, kein Zaun. In der Einfahrt stand ein betagter grauer Volvo. Es war also jemand zu Hause.
Die drei Detektive gingen zur Haustür und Justus klingelte. Schnelle, leise Schritte näherten sich, die Tür ging einen Spalt auf und wurde dann von einer Vorhängekette zurückgehalten.
»Ja?« Ein undeutliches, quäkendes Ja.

Der Erste Detektiv sah nach unten. Zwei große Augen sahen ihn aus einem breiten Sommersprossengesicht an. Große Augen hinter noch viel größeren Brillengläsern. Die Nase verschwand dafür fast darunter, und aus dem breiten Mund glitzerte es silbern und pink.

»Guten Tag, mein Name ist Justus Jonas und das sind meine Freunde Peter und Bob.«

»Ja? Und?« Das etwa sechsjährige Mädchen sog den Speichel ein, der durch seine Zahnspange quoll.

»Ähm, ist deine Mama da oder dein Papa?«

»Maaaaama?« Ein ohrenbetäubender Schrei, der die drei zusammenfahren ließ. »Bist du dahaaaa? Oder nihicht?« Die Kleine drehte sich wieder um. »Papa ist noch …«, wieder musste der Speichel zurückgehalten werden, »… arbeiten.« Sie nickte und das rote Haarbüschel, das wie eine Fontäne oben von ihrem Kopf wegstand, wippte hin und her.

»Wer ist denn da, Schatz? Du sollst doch nicht immer gleich aufmachen!«, drang eine Frauenstimme aus dem Inneren des Hauses. Kurz darauf erschien Mrs Crouch und nahm die Kette von der Tür. Eine kleine, hagere Frau in Jeans und Pulli. Unter ihren Augen waren deutliche Ringe zu erkennen.

»Jussuf Thomas, Peter und Bob«, sagte die Kleine. Und schlürfte wieder.

»Aha.« Mrs Crouch sah die drei Detektive fragend an. Dann verengten sich ihre Augen. »Euch beide kenne ich doch!«

Bob streckte die Hand aus. »Guten Tag, Mrs Crouch. Peter und ich haben damals Matthew hier zu Hause besucht. Nach der Drachen-Geschichte auf Stephen Barons Anwesen. Sie erinnern sich vielleicht.«

»Ja, ja, richtig!« Sie schüttelte erst Bobs, dann Peters und Justus' Hand. »Die beiden Detektive, ich erinnere mich.«
»Detektive? Von der Polizei?« Das Mädchen funkelte sie grimmig an und ballte die kleinen Fäuste. »Ich hab nix gemacht! Und Mama auch nicht!«
»Mia, geh du mal rein, ja? Nimm dir noch von den Brownies in der Küche und mal ein bisschen in deinem Zimmer, hm?«
»Aber die sollen uns nicht verhaften!«
»Nein, tun sie nicht. Und jetzt geh schon!«
»Okay!« Mia drehte sich um und hüpfte von dannen.
Mrs Crouch lächelte ihr bekümmert hinterher. »Was kann ich für euch tun?«
»Wir … wir sind wegen Ihres Sohnes hier, Mrs Crouch«, erwiderte Justus. »Und mein Name ist Justus, Justus Jonas. Nicht Jussuf Thomas.«
»Wegen Matti?«
Die drei ??? erklärten Matthews Mutter, warum sie gekommen waren. Sie erzählten ihr von dem Ereignis im Bus am gestrigen Abend und von ihrem Besuch auf dem Police Department, bei dem sie auf Matthews Akte gestoßen waren.
»Uns war sofort klar, dass da was nicht stimmen kann«, sagte Bob. »Matthew und ein Einbruch? Absolut unmöglich!«
Mrs Crouch sah zu Boden und seufzte schwer. »Wem sagt ihr das! Es ist völlig absurd! Es ist verrückt, so etwas auch nur zu denken! Aber kommt doch rein, bitte.« Sie trat ein Stück zur Seite und ließ die Jungen ins Haus.
In der Küche erfuhren die drei ??? bei Kakao und frischen Brownies, was im Hause Crouch vor fünf Tagen vorgefallen war. Mitten in der Nacht hatte auf einmal die Polizei an die

Tür gehämmert und drei Beamte waren mit gezogenen Waffen in Matthews Zimmer gestürmt. Weil Matthew angeblich den Uhrenladen am Alto Drive ausgeraubt habe.

Mrs Crouch starrte die Jungen fassungslos an und tippte sich an die Brust. »Mein Matthew! Mein Matti! Wir dachten alle, das kann nur ein Traum sein! Ich habe immer wieder gerufen, dass sie sich irren, dass das nicht sein kann. Mein Mann hat sofort unseren Anwalt angerufen. Aber die ließen nicht mit sich reden und Matthew … wehrte sich nicht. Saß nur da, wie gelähmt. Und als ihn die Polizisten fragten, sagte er: ›Ja, ich war's. Ich habe in den Laden eingebrochen.‹« Tränen traten in Mrs Crouchs Augen. »Dann haben sie ihn mitgenommen.«

Die drei Jungen sahen sich betroffen an.

»Mrs Crouch.« Justus bemühte sich, so teilnahmsvoll wie möglich zu klingen. »Wir sehen das genauso wie Sie. Auch von uns kann sich keiner vorstellen, dass Matthew das getan haben soll. Aber um Matthew helfen zu können, brauchen wir so viele Informationen wie möglich.«

Mrs Crouch lachte bitter. »Seid mir nicht böse, Jungs, ich finde das ganz toll von euch und danke euch für eure Anteilnahme. Aber wie wollt ihr Matti denn helfen? Er sitzt in Untersuchungshaft!«

Justus holte sein Etui aus der Jackentasche, entnahm ihm eine ihrer Visitenkarten und überreichte sie Mrs Crouch. »Uns ist bewusst, dass Sie unser Alter skeptisch sein lässt, was unsere Möglichkeiten und Fähigkeiten anbetrifft, aber ich darf Ihnen versichern, Mrs Crouch, dass wir schon sehr viele knifflige Fälle gelöst haben und auf einen reichen Erfahrungsschatz zurückgreifen können, wenn es um seriöse Ermittlungsarbeit geht.«

»Außerdem haben wir einen guten Draht zur hiesigen Polizei«, fügte Peter hinzu.

Mrs Crouch warf einen flüchtigen Blick auf die Visitenkarte.

»Die drei Detektive. Wir übernehmen jeden Fall.« Mrs Crouch blickte auf. »Und ihr glaubt wirklich, dass ihr Matti helfen könnt? Unser Anwalt hat uns da wenig Hoffnung gemacht.«

»Wir werden alles tun, was in unserer Macht liegt«, versicherte Bob.

Wieder dieses niedergeschlagene Lächeln. »Wisst ihr, am Abend, als das alles passierte, hat mir Matti vom Jahrmarkt diese Rose da mitgebracht.« Sie zeigte zu einer Kommode, wo eine rote Plastikrose hinter einem der vielen Bilderrahmen steckte, die Fotos von Familienmitgliedern zeigten. »Er hat gesagt: ›Die ist für dich, Mum. Aber sie ist nicht von dem Stand, wo man auf die kleinen Blechtiere schießen muss, die

dann wegklappen.‹« Mrs Crouch zog ein Papiertaschentuch aus der Tasche und wischte sich eine Träne ab. »›Auf Tiere schießen ist doof‹, hat er gesagt. ›Ich habe sie beim Tortenwerfen für dich gewonnen!‹« Sie schaute den drei ??? ins Gesicht. »So ist er, mein Matti, so ist er. Kann keiner Fliege etwas zuleide tun, nicht mal, wenn sie aus Blech ist.«
Peter lächelte erst mitfühlend, dann aber verdüsterte sich sein Blick. »Sagten Sie eben, dass Matti an dem betreffenden Abend auf dem Jahrmarkt war?«

Der schwarze Scharfrichter

Justus schloss die Tür des Käfers. »Okay, Kollegen, lasst uns das kurz besprechen.«

»Zur Zentrale?« Bob steckte den Zündschlüssel ins Schloss.

»Nein, das ist nicht nötig. Weil wir anschließend gleich weiterfahren werden. Also, Zweiter.« Der Erste Detektiv drehte sich zu seinem Freund auf der Rückbank um. »Gut kombiniert! Carlisles Marshmallowtüte und Matthews Rose. Beide waren ganz offensichtlich an dem Abend ihres Geständnisses auf dem Jahrmarkt.«

Bob zuckte die Schultern. »Was reiner Zufall sein kann. Im Moment geht so ziemlich jeder dahin.«

»Mag sein«, erwiderte Justus, »doch im gegenwärtigen Stadium der Ermittlungen müssen wir alle Indizien sammeln, so bedeutungslos sie auch scheinen mögen.«

»Hat uns Mrs Crouch jetzt eigentlich engagiert?«, warf Peter ein.

Justus nickte. »Ich habe ihr Verhalten als ein eindeutiges Ja interpretiert. Die Frau ist im Augenblick völlig durcheinander und kaum zu einem klaren Gedanken fähig.«

Peter zögerte kurz. »Okay, machen wir weiter. Jahrmarkt also. Aber ansonsten haben wir nicht allzu viel.«

»Doch«, entgegnete Bob. »Mrs Crouch meinte, dass Matthew an dem Abend komisch gewesen sei. Ganz anders als sonst. Er habe ihr zwar die Rose geschenkt und sei lieb wie immer gewesen. Aber … wie hat sie sich ausgedrückt? Irgendwie abwesend sei er gewesen, bedrückt.«

»Richtig. Und als sie ihn gefragt hat, ob irgendetwas sei, hat er sie erst nicht verstanden«, erinnerte sich Justus. »Und dann sei er gleich in sein Zimmer gegangen und habe nichts mehr erzählt wie sonst immer, wenn er unterwegs war.«
»Ihr denkt an Carlisle, oder?«, sagte Peter. »Weil der auch so merkwürdig drauf war. So zombiemäßig.«
»Eine zweite Parallele«, bestätigte Justus. »Eine dritte wäre die Art des Geschäftes, in das eingebrochen wurde. Hier ein Uhrengeschäft, dort ein Juwelier. Beides Geschäfte mit durchaus verwandtem, äußerst wertvollem Inventar.«
»Und in Beverly Hills war es ein Schmuckgeschäft«, ergänzte Bob.
Peter schüttelte den Kopf. »Ja, Leute, aber das liegt in der Natur der Sache. Als Einbrecher nehme ich mir eher solche Läden vor als Mitchells Blumenladen oder die Teestube im Einkaufszentrum.«
»Jedes Indiz zählt«, beharrte Justus. »Jahrmarkt, junge Männer, die sich auffällig verhalten, Geschäfte mit Luxusartikeln … hm …«
»… einwandfreie Geständnisse, keine weiteren Angaben«, fügte Peter hinzu, »und keine Spur von der Beute.«
Die drei Detektive versanken in Nachdenken. Justus kurbelte die Scheibe ein Stück herunter, weil es im Wagen unangenehm warm wurde.
»Wir müssten noch mehr über die Verdächtigen erfahren«, sagte Bob nach einiger Zeit. »Am besten wäre es, wenn wir mit ihnen reden könnten. Aber wir kommen weder an Carlisle noch an Matthew ran und über den dritten wissen wir gar nichts.«

»Wir können doch Matthew besuchen?«, überlegte Peter. »Wir sind seine Freunde.«
»Dazu müssten wir erst mit dem Anwalt der Familie sprechen«, hielt Justus dagegen. »Ich schlage einen anderen Weg vor, Kollegen. Wir wissen, welche Geschäfte betroffen waren. Lasst uns damit anfangen.«
Die drei ??? fuhren zurück nach Rocky Beach und steuerten zunächst das Uhrengeschäft auf dem Alto Drive an, in das Matthew eingebrochen haben sollte. Aber dort würden sie niemanden antreffen, wie ihnen schnell klar wurde.
»Betriebsurlaub auf unbestimmte Zeit.« Bob zeigte auf das Schild, das an der Innenseite der Ladentür klebte. »Wir müssen erst rausfinden, wem das Geschäft gehört.« Er überprüfte die Tür und das angrenzende Schaufenster. »Davon steht hier nirgendwo etwas. Keine Adresse, kein Name. Nicht einmal eine Telefonnummer.«
Justus drehte sich um. »Fahren wir in die Main Street.«
Die Jungen wussten noch sehr genau, wo auf der langen Main Street sich der Juwelierladen befand. In einem ihrer früheren Fälle, in dem es um geschmuggelte Perlen gegangen war, hatte das Geschäft beziehungsweise sein Besitzer eine zentrale Rolle gespielt.
»Weiß eigentlich jemand, was aus Parker Frisbee geworden ist?«, fragte Peter, als sie auf das Juweliergeschäft zugingen.
»Keine Ahnung«, erwiderte Bob, »aber seinen Laden gibt es noch, wenn auch unter einem anderen Besitzer. Kyle Caldwell. Der auch noch Goldschmied ist.« Er zeigte auf das Firmenschild über der Eingangstür.
»Das kann für uns nur von Vorteil sein. Parker Frisbee würde

uns wahrscheinlich gleich wieder hochkant rauswerfen, wenn wir nur den Fuß über seine Schwelle setzen.« Peter betrat den Laden.

Aber Mr Kyle Caldwell war nur unwesentlich freundlicher, als der Zweite Detektiv das von seinem Vorgänger Parker Frisbee angenommen hätte. Kaum dass die drei ??? ihm ihr Anliegen geschildert hatten, deutete er auch schon zur Tür.

»Ja, was glaubt ihr denn, ihr Rotznasen?« Der Mann mit den stechenden grauen Augen und den rasiermesserscharf gescheitelten, sehr feinen hellblonden Haaren scheuchte sie förmlich nach draußen. »Denkt ihr, ich habe nichts Besseres zu tun, als euch meine Lebensgeschichte zu beichten? Wahrscheinlich habt ihr euch den Käse nur ausgedacht und wollt mich in Wirklichkeit ausspionieren! Raus da! Detektive! Dass ich nicht lache!«

»Aber Mr Caldwell, wir …«

»Husch, husch! Ihr vergrault mir meine Kunden!« Caldwell schob Peter als Letzten aus dem Laden und knallte die Glastür hinter ihm zu. Noch durch die Scheibe wedelte er mit den Händen, als wären die drei Jungen Hühner, die man über den Hof treiben musste.

Peter lächelte bissig. »Warum macht es mich nicht traurig, dass ausgerechnet Caldwell ausgeraubt wurde?«

»Armleuchter!«, grummelte Bob.

»Bliebe noch Beverly Hills«, meinte Justus, klang aber nicht sonderlich zuversichtlich dabei.

Doch seine Befürchtungen sollten diesmal unbegründet sein. Edna Shinefield, die aufgetakelte Besitzerin des Ladens, erwies sich als überaus gesprächig. Als die drei Detektive ihr erzählten, warum sie hier waren, warf sie die feisten Arme in die Luft und stapfte in ihrem schneeweißen Kostüm hinter ihrem Tresen hervor.

»Ja, du lieber Gott, was für eine Geschichte! Wenn ich daran denke, läuft es mir heute noch kalt über den Rücken!«

Sie rauschte an Peter vorbei und auf die Auslagen zu. Als den Zweiten Detektiv die Parfümwolke traf, die Mrs Shinefield hinter sich herzog, blieb ihm kurz die Luft weg.

»Hier ist er rein! Dieses Fenster hat er zertrümmert! Mit einem Hammer oder so. Bamm!« Edna Shinefield schlug mit einem imaginären Hammer so fest zu, dass ihre monströsen Ohrringe klingelten. Auch die vogelnestartig aufgetürmte Föhnfrisur kam heftig ins Wippen, und Bob musste an einen Weihnachtsbaum mit viel zu viel Lametta denken.

»Sie haben den Einbruch mitbekommen?«, fragte Justus.

»Nein, Junge, wo denkst du hin! Gottchen!« Edna Shinefields blau geschminkte Augen quollen schier über. »Dann wäre ich sicher nicht mehr unter den Lebenden! Diese Wüstlinge hätten mit mir doch kurzen Prozess gemacht und mich holterdiepolter abgemuckst!«

»Gemurkst«, entfuhr es Peter.

»Genau!« Edna Shinefields schwer beringter Zeigefinger zielte auf den Zweiten Detektiv. »Da kennen die Ganoven doch heutzutage nichts! Sieht man doch immer im Fernsehen! Nee, nee! Ich war schön zu Hause um die Zeit und hab mir die Nägel gemacht. Aber da sind sie rein. Mit Kawumm! Die Scherben lagen überall, sogar hinter dem Tresen.« Mrs Shinefield brauste wieder zurück hinter den Ladentisch und Peter hielt die Luft an.

»Wüstlinge?«, hakte Justus nach. »Waren es mehrere?«
»Woher soll ich das wissen, Jungchen?« Die Frau tupfte sich mit einem Taschentuch den Schweiß von der Nase.
»Vielleicht weil es auf den Überwachungsbildern zu sehen war?« Der Erste Detektiv zeigte auf die Kamera hinter dem Verkaufstresen.
»Ach so, stimmt ja. Nee, das war nur einer. Aber riesengroß, kann ich euch sagen! Mindestens zwei Meter war der! Und schwarz wie die Nacht!« Edna Shinefields Gesicht nahm einen grimmigen Ausdruck an. Ihre Augen verschwanden dabei fast völlig unter der lappigen Stirn.
»Und was wurde gestohlen?«, wollte Bob wissen.
»Frag mich lieber, was nicht geklaut wurde!« Edna Shinefield seufzte und schlug die Hände vor die Brust. »Diese Teufel haben alles mitgenommen, was sie in die Finger kriegen konnten. Alles haben sie mir ausgeräumt, einfach alles!«
»Dieser Teufel«, korrigierte Justus und sah sich weiter im Laden um. Dass hier vor zehn Tagen ein rabiater Einbruch stattgefunden hatte, war nicht mehr zu erkennen. Alle Vitrinen waren heil, die Wände frisch gestrichen, es roch nach Putzmittel. Und natürlich nach Edna Shinefields Parfüm. Womöglich übertrieb die Dame aber auch etwas und der Einbrecher war weit weniger rücksichtslos vorgegangen, als sie es darstellte.
»Was? Ja, der eine Teufel eben. Und dann ist er sogar noch ins Hinterzimmer eingedrungen, wo ich mein Lager habe.« Sie grinste boshaft. »Aber an meinem Tresor hat er sich die Zähne ausgebissen. Da ist er nicht reingekommen! Ha!«
»Dürfen wir uns da auch umsehen?«, fragte Justus.

»Natürlich! Sicher! Kommt nur mit!« Edna Shinefield flog voraus und die drei Jungen folgten ihr durch einen Vorhang in ein Hinterzimmer.

»Bisschen überkandidelt, die Gute«, flüsterte Peter.

Bob zog die Brauen hoch. »Ein bisschen?«

»So! Da steht das gute Stück!« Edna Shinefield zeigte stolz auf ein Monstrum von Tresor, das in einer Ecke des kleinen Raumes stand. »Mein bester Freund! Hihi.«

Der Erste Detektiv ließ seinen Blick an dem Ungetüm hinabgleiten. Ein paar Schrammen waren an der Tür zu erkennen, aber die konnten auch älteren Datums sein. Der Geldschrank war mit Sicherheit schon antik. Plötzlich verdunkelte sich Justus' Miene. Er ging auf eine neben dem Tresor stehende und sehr beklagenswert aussehende Topfpflanze zu. Zwischen Topfrand und der trockenen Erde tat sich ein kleiner Spalt auf, in dem irgendetwas zu stecken schien, was da nicht hingehörte. Justus bückte sich und klaubte den Gegenstand heraus.

»Was hast du da, Just?«, fragte Peter.

»Ja, was ist das?«, rief Edna Shinefield. »Eine Münze? Eine Plastikmünze? Wie kommt die hierher?«

»Das ist ein Chip«, sagte Justus und begutachtete die Figur auf der blauen Plastikscheibe. Ein schwarzer Scharfrichter mit Kapuze, der sein Beil zum Schlag erhoben hatte. Der Erste Detektiv sah seine Freunde an. »Ein Chip, wie man ihn in Fahrgeschäften auf dem Jahrmarkt erhält.«

Zwei einäugige Riesen

Wenig später verabschiedeten sich die drei ??? von Edna Shinefield und verließen das Schmuckgeschäft. Wirklich sachdienliche Informationen hatte auch sie ihnen nicht liefern können, aber der Chip war natürlich Hinweis genug.

»Alle drei Verdächtigen stehen in einem mehr oder weniger engen Zusammenhang mit dem Jahrmarkt«, sagte Justus auf dem Weg zum Auto. »Wir müssen dorthin, so viel steht fest. Wobei ich mir nicht ganz im Klaren darüber bin, wie wir dort unsere Nachforschungen organisieren wollen.«

»Der Chip könnte aber auch von Edna selbst stammen«, warf Peter ein und krempelte die Ärmel seines Sweatshirts hoch. »Irgendwie kam die mir verdächtig vor, so überdreht, wie die war.«

»Und wir dürfen natürlich auch die andere Möglichkeit nicht ganz aus den Augen verlieren.« Bob setzte ein fast schuldbewusstes Gesicht auf.

»Du meinst, dass Matthew, Carlisle und der andere tatsächlich schuldig sind«, verstand Justus. »Ja, in der Tat. So merkwürdig die Umstände auch sein mögen, aber wirklich gut kennen wir Matthew nicht, wenn wir ehrlich sind.«

»Quatsch!«, protestierte Peter. »Matthew würde wahrscheinlich nicht mal bei Rot über die Straße gehen. Wenn der das Ding wirklich gedreht hat, will ich ab sofort Jussuf Thomas heißen!«

Justus lächelte verkniffen. »Auf diesen Witz warte ich schon die ganze Zeit.«

Als die drei Detektive dreißig Minuten später vor dem Eingang zum Jahrmarkt standen, empfing sie ein Meer von Lichtern, Farben, Geräuschen, Gerüchen und Gesichtern. Überall blinkte und glitzerte, glänzte und funkelte es, hupte, dröhnte, plärrte, jaulte und kreischte es, Schwaden von Gebratenem, Frittiertem und Geröstetem lagen in der Luft und vermischten sich zu dem typischen Jahrmarktgeruch, der seit Tagen über diesem Teil des Palisades Parks schwebte. Die Menschenmasse, die sich über den Rummel schob, schien mit jeder Minute dichter und größer zu werden.
Bob sah auf seine Uhr. »Kurz nach sechs, Feierabend. Wir hätten früher kommen sollen. Jetzt ist hier die Hölle los.«
»Eigentlich will ich da nicht rein.« Justus' Miene strahlte alles andere als Vorfreude aus.
»Ach was, das wird lustig!« Peter holte sein Portemonnaie hervor. »Lasst uns mal zusammenkratzen, was wir haben!«
»Zweiter, wir sind hier, um zu ermitteln, nicht, um kopfüber aus irgendeiner Kabine zu hängen!«
»Und wie sollen wir dann herausfinden, woher der Chip ist? Außerdem wollen wir ja nicht die Pferde scheu machen und müssen daher undercover ermitteln, nicht wahr? Und auf einem Jahrmarkt heißt undercover nun mal kopfüber aus der Kabine hängen.« Peter grinste.
»Das Schlimme ist«, seufzte Justus, »dass ich dir im Kern recht geben muss. Wir müssen uns genau umsehen und dazu wohl oder übel dem einen oder anderen Stand einen unauffälligen Besuch abstatten, was finanzielle Investitionen leider unabdingbar macht.«
»Sag ich doch. Also, wie viel habt ihr?«

»Zehn Dollar und ein bisschen«, erwiderte Bob. »Sollen wir uns trennen? Ist wohl sinnvoller, als wenn wir alle drei gleichzeitig Kettenkarussell fahren. Jeder eine Straße?« Der dritte Detektiv zeigte auf die drei breiten Gassen, auf die sich die Fahrgeschäfte, Attraktionen, Buden und Stände des Rocky Beach County Fairs aufteilten.
»Kettenkarussell! Grauenvolle Vorstellung!« Justus schickte ein Stoßgebet gen Himmel.

Bob nahm die linke Gasse und überlegte, wie er seine fünfzehn Dollar – so viel hatte jeder von ihnen, nachdem sie ihre Geldbestände gleichmäßig aufgeteilt hatten – am sinnvollsten investierte. Worauf sollte er achten, wonach Ausschau halten? Die Scharfrichterchips, klar, obwohl es keineswegs sicher war, dass ihnen die irgendwie weiterhelfen würden. Aber es war ihre heißeste Spur. Ihre wärmste Spur. Lauwärmste. Doch was konnte er sonst finden? Wahrscheinlich war es einfach nur Zufall, dass alle drei Verdächtigen vor ihrer Tat hier gewesen waren. So wie er es gesagt hatte. Aber irgendetwas mussten sie tun, wenn sie Matthew helfen wollten. Also rein ins Getümmel und Augen aufhalten, sagte sich Bob und ging los.
Das Kettenkarussell *Yo-Yo* lag tatsächlich in seiner Straße. Doch der dritte Detektiv sah im Vorbeigehen, dass sich im Kassenhäuschen nur rosa und gelbe Chips stapelten. Mit dem *Octopus* musste er allerdings fahren, dort verkauften sie blaue Chips. Auf denen jedoch, wie sich herausstellte, ein schwarzer Krake abgebildet war, kein Scharfrichter. Die Fahrt war äußerst anstrengend. Im Schneckentempo im Kreis he-

rum und jede Menge lärmender Kinder, die ihm mit Zuckerwatte und Eis gefährlich nahe kamen. Im Geschäft nebenan wirkte Mr Kachungo in seiner Indiana-Jones-Kluft zwar durchaus Respekt einflößend, wie er da nur mit Stöcken bewaffnet zu seinen beiden Alligatoren ins Becken stieg und sie mit Fleischbrocken fütterte. Aber was hatte das mit ihrem Fall zu tun? Oder der *Bowler-Rowler*, wo man auf einer kurzen Bahn kegelte und sagenhaft hässliche Plüschtiere gewinnen konnte? Gut, der Typ am *Top Spin*, der den Leuten beim Einsteigen half, sah sehr zwielichtig aus, und der Kerl gegenüber, der gigantische Ratten präsentierte, die irgendwelche unappetitlichen Sachen machten, hatte nach Bobs Dafürhalten auch nicht alle Tassen im Schrank. Doch weiter brachte ihn das alles nicht. Der dritte Detektiv erschreckte sich noch vor dem Spiegelkabinett in einem riesigen Bildschirm vor seiner eigenen, verzerrt wiedergegebenen Gestalt, warf einen kurzen Blick auf die gegenüberliegende Geisterbahn, für die er aber kein Geld mehr hatte, und begab sich dann wieder zum vereinbarten Treffpunkt. Plötzlich kam dieser Mann geradewegs auf ihn zu. Zerlumpte Kleidung, riesengroß und – hatte der nur ein Auge? Was wollte der Kerl von ihm?

Die Achterbahn *Colossus* – natürlich musste die in »seiner« Gasse liegen. Mit der würde er bestimmt nicht fahren. Justus setzte sich in Bewegung und verschaffte sich erst einmal einen Überblick. Außer der Achterbahn gab es jede Menge Fressbuden, einen Schießstand, Tortenwerfen, Riesenschiffschaukel, Kinderkarussell …

»Junger Mann, so alleine?«
Der Erste Detektiv fuhr herum. Eine Hexe starrte ihn an. Nein, keine Hexe, eine Wahrsagerin. Künstliche Warze auf der Nase, schwarze Perücke, unter der dünnes, blondes Haar hervorlugte, grüne Augen und ein buntes Durcheinander an Kleidung. Justus sah genauer hin. Farbige Kontaktlinsen, natürlich.
»Ich spüren schwierige Aura.« Die Wahrsagerin beschrieb mit ihren Händen irgendwelche Wolken, die um Justus herumwaberten. Sie sprach mit einer rauen, tiefen Stimme und in einem theatralisch-dramatischen Singsang. »Du stecken in Probleme! Madame Au-Delà können dir helfen!«
Der Erste Detektiv folgte ihrem ausgestreckten Arm, der zu einem knallbunten, orientalisch anmutenden Fransenzelt zeigte. *Madame Au-Delà kennt deine Zukunft* stand in verschnörkelten Buchstaben über dem Eingang. Daran angrenzend erkannte Justus einen monströsen Trailer, der bis zum Fahrgeschäft dahinter reichte.
»Danke, Madame, aber mir geht's gut.« Justus wandte sich wieder ab.
»Oh nein! Große Gefahren dich bedrohen!« Madame Au-Delà tanzte um ihn herum, machte ein furchterfülltes Gesicht. »Du seien … Polizist! Chef de Police, nicht wahr? Böse Menschen dich jagen!«
Justus runzelte die Stirn. Er war zwar nicht Polizeichef, aber … Erster Detektiv. Und böse Menschen … woher wusste die Frau das?
»Du haben kein leichtes Leben!« Madame Au-Delà nahm ihre extravagante Brille ab. Ein gerades Gestell mit einem

randlosen Glas und einer halbmondförmigen Fassung für das andere. »Du ganz alleine, keine Mama und kein Papa!«
Justus schluckte. Seine Eltern … gestorben bei einem Flugzeugabsturz, als er fünf Jahre alt war.
»Du kommen mit mir! Madame Au-Delà dir helfen! Dir zeigen, wie du Zukunft meistern. Freunde finden und große Liebe!«
»Aber … aber ich habe Freunde!«
Die Wahrsagerin ergriff seinen Ärmel und zog ihn mit sich. »Deine Seele eingesperrt. Immer nur denken und denken! Dein Herz wollen fliegen!«
Justus sah das Zelt auf sich zukommen. Was machte er hier? Wieso wusste diese Frau diese Dinge?

Peter war die Lust auf Kopfüber-aus-der-Kabine gründlich vergangen. Unruhig trat er am vereinbarten Treffpunkt von einem Bein aufs andere. Wer war der Kerl gewesen? ›Verschwinde! Lass dich nie mehr hier blicken!‹ Wieso? Er hatte doch gar nichts getan! Woher kannte der ihn? Er kannte ihn jedenfalls nicht, noch nie gesehen. Und so einen Typen – baumlang, zerlumpt, einäugig und wirklich angefressen – würde er sicher nicht vergessen.
Peter entdeckte seine beiden Freunde fast gleichzeitig. Aufgeregt winkte er sie zu sich. »Hier bin ich, Kollegen!«
Bob schüttelte den Kopf, als er sich zu Peter gesellte. »Das war gerade echt merkwürdig.«
»Bei mir auch!« Justus schlug das Gespräch mit Madame Au-Delà immer noch aufs Gemüt.
»Willkommen im Club!« Peter fühlte sich schon wesentlich

wohler, jetzt, wo seine Freunde wieder bei ihm waren. »Mich hat so ein Typ angequatscht! Ein echter Sonnenschein!«
Bob sah auf. »Verschwinde? Lass dich nie mehr blicken?«
»G-genau!«, sagte Peter verdutzt.
Justus zog die Stirn kraus. »Jemand meinte zu euch, dass ihr verschwinden sollt?«
»Da!« Bob zeigte mit dem Finger nach rechts. »Da ist der Typ!«
»Ja, das ist er!« Peter beobachtete zusammen mit seinen Freunden, wie der Einäugige in einem Nebeneingang der Geisterbahn verschwand.
Bob zögerte. »Sollen wir?«
»Was meinst du?«, fragte Peter.
»Keine Ahnung. Einfach mal nachsehen. Immerhin kennt uns der Kerl. Woher auch immer. Und hat uns bedroht.«
»Wir können doch nicht einfach da reingehen.« Der Zweite Detektiv nickte zu der unscheinbaren Tür. »Wahrscheinlich braucht man dafür auch einen Schlüssel.«
»Ist jemand von euch damit gefahren?« Justus deutete zur Geisterbahn.
Peter und Bob verneinten.
»Dann lasst uns das mal nachholen.«
Die drei Jungen hatten allerdings nur noch Geld für zwei Tickets übrig. Das Los ergab, dass Peter und Bob die *Fahrt in die Hölle*, so der Name der Geisterbahn, antreten sollten. Sie stellten sich in der Schlange an und achteten darauf, ob sie irgendwo den Einäugigen sahen.
Justus ging hinüber zum *Mirror Queerer*, dem Spiegelkabinett. Von dort hatte er die ganze Geisterbahn gut im Blick, auch die Ausfahrt, das Maul eines riesigen Gnoms, das alle

paar Sekunden eine der schwarzen Gondeln ausspuckte. Wenn der Unbekannte auf dieser Seite die Geisterbahn verließ, musste er ihn sehen.

Unter dem ohrenbetäubenden Lärm von Schmerzensschreien, teuflischem Gelächter und anderen gruseligen Soundeffekten schob sich Bob ein Stück weiter nach vorne und reckte den Hals. »Zweiter, die Chips sind blau!«

»Du hast recht!« Peter machte ebenfalls einen kleinen Schritt. Gleich waren sie dran, nur noch ein junger Mann war vor ihnen. »Und ich glaube, ich kann den Scharfrichter darauf erkennen!«

Bob sah nach draußen. Als er Justus entdeckte, hob er den Chip, den sie bei Edna gefunden hatten, und deutete darauf. Der Erste Detektiv winkte und nickte, aber Bob wusste nicht, ob Justus ihn verstanden hatte.

Plötzlich drehte sich der junge Mann vor ihnen um. Er schwitzte stark, war blass im Gesicht und atmete schnell.

»Einmal Erwachsene?«, fragte die Frau im Kassenhäuschen.

»Bitte … äh, wissen Sie …«, stotterte der Mann und sah wieder die Frau an.

»Eine Fahrt, oder? Drei Dollar.«

»Ich glaube, ich … will vielleicht …«

»Geht das jetzt weiter da vorne?«, rief ein halbstarker Lederjackenträger hinter Bob.

»Was wollen Sie vielleicht?« Die Kassenfrau kaute gelangweilt auf ihrem Kaugummi herum.

»Ich würde … ich weiß nicht …«

»Hallo!« Die Freundin des Lederjackentyps stöhnte entnervt. »Heute noch! Mach hinne!«

Der junge Mann blickte an Peter und Bob vorbei auf die lange, zwischen Metallgittern eingepferchte Schlange der Wartenden.
»Junge, da kannst du jetzt nicht zurück. Du hältst den ganzen Betrieb auf.«
Der Mann drehte sich wieder um. »Also … gut. Einmal … bitte.«

Fahrt in die Hölle

Nach dem Kassenhäuschen erwartete die beiden Detektive ein erstaunlich echt wirkender Vampir. Bleiches Gesicht, rot unterlaufene Augen, dolchartige Eckzähne und ein schwarzer, wallender Umhang. Außerdem roch der Kerl auch irgendwie … ungesund. Aber der Vampir hatte lediglich die Aufgabe, ihre Chips entgegenzunehmen.

Peter und Bob liefen auf einem Gittergang neben den Gleisen ein Stück zurück und warteten, dass ihnen ein anderer Vampir eine der Zweiergondeln zuwies. Bob sah nach draußen, aber er konnte Justus nicht entdecken.

»Ihre Gondel, die Herren!« Der Einsteige-Vampir klappte den Bügel eines Wagens zurück und forderte die beiden Jungen mit einer tiefen Verbeugung auf einzusteigen. Nachdem Peter und Bob auf der harten Plastikbank Platz genommen hatten, schloss er den Bügel mit einem jähen Ruck. »Und gebt gut auf euch acht!« Er entblößte seine Zähne und ließ ein bösartiges Lachen ertönen. Dann fuhr die nachtschwarze Gondel an.

»Als Kind fand ich Geisterbahnen ja immer total gruselig! Huah!« Peter wedelte mit den Händen und machte ein erschrockenes Gesicht. »Und das waren nur so selbst gezimmerte Bretterbuden von irgendwelchen Jugendlichen, nicht so mobile Riesenteile wie das hier.«

Bob bemerkte sofort, dass sein Freund zu laut sprach und aufgekratzt wirkte. Der Grusel aus der Kindheit hallte offenbar noch nach. »Jetzt geht's los!« Er nickte nach vorne zu

einem schleimgrünen Tor, über dem in Überlebensgröße Frankensteins Monster aus Pappmaschee hing. Mit seinen klauenartigen Pranken griff es nach jedem, der in den schwarzen Tunnel einfuhr.
Peter rutschte ein Stück tiefer. »Der kriegt mich nicht! Ihhh!«
Aus einer versteckten Düse traf die beiden ein warmer Luftstrom von der Seite. Gleichzeitig drang ein gellendes Pfeifen aus dem Lautsprecher an ihrer Gondel. Bob zuckte erschrocken zusammen und lachte laut auf, Peter zuckte nur zusammen. Dann öffnete sich mit einem hässlichen Quietschen das grüne Schleimtor und tiefschwarze Dunkelheit verschluckte die beiden Detektive.
Die Reise begann mit diversen Neoneffekten. Grüne, rote und blaue Fratzen und Schreckensbilder blinkten in einer schwarzen, sich drehenden Röhre auf, Lauflichter geisterten wie Irrwische über die Wände. Dazu ertönten immer wieder Schreie, die sich nach Menschen in Todesangst anhörten. Ein hydraulischer Mechanismus im Gondelfahrwerk sorgte dazu für eine reichlich unruhige Fahrt und schaukelte die Jungen hin und her. Beide mussten sich gut festhalten.
»Bis hierher nichts Aufsehenerregendes«, stellte Bob fest.
»J-ja.« Peter kam wieder ein Stück nach oben. »Alles wie gehabt. Nur ein bisschen, ähm, ausgefeilter als damals.«
Die Gondel machte einen Schwenk nach rechts und dann ging es steil aufwärts. Ein tiefes, kehliges Dröhnen war zu hören, das Licht erlosch fast völlig.
Aber mit einem Mal explodierte ein grüner Blitz und in diesem Blitz stand ein grauenvoller Drache vor ihrer Gondel und schleuderte ihnen aus seinem weit geöffneten Rachen

eine Fontäne Blut entgegen! Peter und Bob rissen instinktiv die Hände vors Gesicht.
Doch das Blut traf sie nicht. Dunkelheit kehrte zurück, die Gondel fuhr in die Waagerechte und scharf nach links.
»Eine Folie! Irgendein durchsichtiger Spritzschutz«, sagte Bob. »Muss im Dunkeln von oben heruntergekommen sein, ohne dass wir es bemerkt haben.«
»Mann!« Peter hatte dennoch das Gefühl, als wäre er von oben bis unten mit Blut besudelt.
Für einen Moment war die Gondel vor ihnen zu sehen. Den jungen Mann, der alleine eingestiegen war, konnten sie jedoch nicht ausmachen. Die Rückwand der Gondel, riesige Fledermausschwingen, verdeckte den Blick. Dann verschwand die Gondel hinter der nächsten Biegung.
Als Nächstes fuhren die Jungen in eine große Folterhöhle ein. Links und rechts der Gleise waren kleine Szenen aufgebaut und schaurig beleuchtet, die Peter ein ums andere Mal schlucken ließen. Ein Mann auf einer Streckbank, dessen Beine und Arme immer länger wurden und der dabei grauenhaft schrie, eine Hexe, die in einem brennenden Scheiterhaufen stand und ebenfalls alles andere als leise war, ein gefesseltes junges Mädchen, das mit dem Kopf auf einem Steinblock lag, neben dem sich ein Scharfrichter aufgebaut hatte, um gleich das Beil herniedersausen zu lassen. Dazwischen sah man etliche Folterwerkzeuge wie Daumenschrauben, Eisenzangen, eine Eiserne Jungfrau …
Peter sagte sich immer wieder, dass die Figuren nur Attrappen waren, aber es gruselte ihn dennoch heftig.
»Das ist doch unser Scharfrichter! Der vom Chip!« Bob deu-

tete auf den schwarzen Hünen und zog den Chip von Edna Shinefield aus der Tasche. »Und was mir erst jetzt auffällt – guck dir mal die Klinge des Beiles an, Zweiter.«

»Hm.« Peter musste sich erst vom Anblick der Eisernen Jungfrau losreißen. Eine Art stehender, aufklappbarer Sarg, dessen Äußeres einer Frauengestalt glich und dessen Innenseiten mit monströsen Nägeln gespickt waren. Und der Sarg war damals nicht für Tote gewesen …

»Das Beil! Sieht doch eher aus wie eine Sichel, oder?«

Peter drehte den Kopf. »Ja, stimmt. Ein seltsames Beil. Damit kann man doch …« Der Zweite Detektiv erstarrte. »Bob!« Peter konnte nur noch flüstern. Das Entsetzen lähmte ihn beinahe. »Der Scharfrichter! Er hat mich angesehen!«

»Quatsch, Peter! Das ist eine … uh!« Bob fuhr zusammen. »Du hast recht! Ich werd verrückt! Der sieht zu uns her!«

»Was ist da los?« Peter spürte Panik in sich aufsteigen.

Bobs Nackenhaare sträubten sich. »Er lässt das Beil sinken!«

Der Zweite Detektiv rüttelte am Bügel der Gondel. »Der kommt auf uns zu, Dritter! Sieh doch!«

Tatsächlich glitt der schwarze Koloss wie ein Schatten aus der Kulisse und schritt auf die Gondel der beiden Jungen zu. Dabei zog er langsam seine Henkerskapuze vom Kopf. Und der Bügel der Gondel ließ sich nicht öffnen …

»Der … der hat nur ein Auge!«, rief Bob. »Das ist der Kerl von draußen!«

Der Henker kam immer näher. Wie in Zeitlupe hob er jetzt wieder sein Sichelbeil. Und lächelte dabei. Ein Lächeln, das grauenvoller war als jede wutschnaubende Grimasse.

»Bob, wir müssen was tun! Wir müssen hier raus!« Peter versuchte, sich aus der Gondel zu zwängen. Aber auch das klappte nicht.

»Das … das kann nur ein Scherz sein!« Bob starrte auf den Schatten. »Das gehört sicher dazu! Ja, das ist es!«

»Käse, Bob! Käse! Der Kerl will uns ans Leder! Mach schon, drück! Hilf mir!«

Und dann blieb die Gondel auch noch stehen. Bis jetzt war sie wenigstens im Schneckentempo auf den Ausgang der Höhle zugerollt, aber nun stand sie still.

»Wir haben das Ding kaputt gemacht! Auch das noch!« Peter drehte und wand sich. Doch die Gondel hielt ihn wie mit eisernen Klauen umklammert.

»Jetzt gehört ihr mir!«, donnerte der Scharfrichter. Dann war er heran, stand auf Peters Seite neben der Gondel. »Die Gerechtigkeit wird euch zur Strecke bringen!« Er fuhr seinen Arm aus und griff nach dem Zweiten Detektiv.

»Nicht!« Peter rückte so weit wie möglich an Bob heran.

»Sag dein letztes Gebet!« Der Henker holte zum Schlag aus.

»Bob!«

Dann endlich hatte Peter es geschafft und die Arretierung des Bügels irgendwie gelöst. Doch im gleichen Moment ruckte die Gondel, fuhr um eine Biegung und beschleunigte. Der Scharfrichter stutzte kurz und nahm dann die Verfolgung auf. »Ihr entkommt mir nicht!«

»Fahr schon!« Peter schob am offenen Bügel mit an, als ob das etwas geholfen hätte.

»Da! Gleich sind wir aus der Höhle raus!« Bob beugte sich zur Seite und sah zurück.

»Kommt er?«, rief Peter.

»Weiß nicht, ich sehe nichts.«

Dann glitt die Gondel durch den Kettenvorhang am Ende der Höhle und rauschte kurz darauf in atemberaubendem Tempo eine Abfahrt hinunter.

Die weitere Fahrt nahmen die beiden Detektive kaum noch wahr. Als die Gondel endlich ins Freie fuhr, sprangen sie an dem verdutzten Aussteige-Vampir vorbei, der ihren Bügel öffnen wollte, eilten zum Ende des Gitterganges und zwängten sich durch das eiserne Drehkreuz.

Dahinter empfing sie Justus, der sie entdeckt hatte, als ihre Gondel ausgefahren war. »Na, ihr habt's aber eilig!«

»Just, du glaubst nicht, was da eben los war!« Peter hatte noch immer eine Gänsehaut. »Hier muss es doch eine Polizeiwache auf dem Jahrmarkt geben, oder?«

»Was ist denn passiert?«

»Erfährst du gleich. Hast du unser Handy dabei? Am besten rufen wir bei der Polizei an, bevor wir zu viel Zeit verlieren und der Typ über alle Berge ist.«

»Welcher Typ?« Justus schüttelte den Kopf. »Wollt ihr mir nicht erst mal erzählen, was euch so aufgeregt hat?«

In kurzen Worten berichteten Peter und Bob von dem Scharfrichter und seinem Versuch, sie aus der Gondel zu zerren. Der dritte Detektiv zog dabei immer noch in Betracht, dass es sich um eine Aktion handelte, die Teil der Fahrt war, was Peter aber entschieden zurückwies.

»Quatsch, Bob! Der wollte uns vierteilen! Hast du seinen Blick gesehen?« Er streckte die Hand aus. »Das Handy, Just! Schnell, wir müssen die Polizei verständigen! Der Kerl ist gemeingefährlich! Ein Irrer!«

»Ich habe es nicht dabei. Auf Veranstaltungen wie dieser lauern jede Menge Taschendiebe auf Beute.« Justus zuckte die Schultern. »Und es war derselbe Mann, der euch vorhin schon gewarnt hat?«

»Ja! Der Einäugige! Und du hast das Handy zu Hause gelassen?« Peter verdrehte die Augen.

»Derselbe Mann. Das ist in der Tat äußerst merkwürdig.« Justus sah zur Geisterbahn zurück.

Die drei Jungen machten sich auf die Suche nach einer Polizeiwache oder einem Beamten, der auf dem County Fair Dienst schob, und hielten auch nach einem öffentlichen Fernsprecher Ausschau. So schnell es ihnen die Menschenmassen erlaubten, liefen sie noch einmal die drei Gassen ab, stießen aber weder auf eine Wache noch auf ein Münztelefon. Als sie wieder an der Geisterbahn vorbeikamen, entdeckte Peter jedoch zwei berittene Polizisten am Rand der Menge.

»Da vorne! Kollegen! Seht ihr die beiden –«

»Warte, Zweiter!«, unterbrach ihn Justus.

»Was? Was ist? Da sind zwei Polizisten!«

»Da, seht doch!« Justus zeigte zur Ausfahrt der Geisterbahn.

»Was ist da?«, fragte Bob.

»In der Gondel! Der junge Mann, der vor euch an der Kasse stand und vor euch eingestiegen ist. Das ist er doch, oder? Er kommt erst jetzt wieder raus!«

Schreckensbilder

»Ich finde immer noch, dass wir gestern Abend die Kavallerie hätten alarmieren sollen.« Peter blies den Staub von einer Holzgiraffe, die er gerade mit Schleifpapier von Farbresten befreit hatte. In seiner Kiste befand sich allem Anschein nach ein ganzer Zoo von altem Holzspielzeug. »Der Kerl wollte uns echt an die Gurgel.«

»Mag sein«, erwiderte Justus, »aber in Anbetracht der undurchsichtigen Sachlage sollten wir unsere Ermittlungen zunächst so unauffällig wie möglich gestalten und kein Aufsehen erregen.« Er überprüfte die Fahrtüchtigkeit seines Aufziehautos, indem er die Feder spannte und den Jeep über den Boden sausen ließ, bis er gegen Bobs Fuß prallte. »Funktioniert.«

»Ich sehe das genauso wie Justus«, meinte der dritte Detektiv und besah sich den Haufen Puzzleteile, der vor ihm in der Schachtel lag. Sollte er das zusammensetzen, oder wie stellte sich Titus Jonas das vor? »Wir wissen jetzt, dass Ednas Chip von der Geisterbahn stammt. Und dort drin treibt dieses zwielichtige Riesen-Einauge sein Unwesen, das uns vorher unmissverständlich zu verstehen gegeben hat, wir sollten verschwinden.«

»Nicht zu vergessen Ednas Beschreibung des Diebes«, sagte Justus. »Mindestens zwei Meter und schwarz wie die Nacht.«

»Die Henkersmütze!« Bob nickte. »Alles in allem Grund genug, sich den Laden einmal genauer anzusehen. Was entschieden einfacher ist, wenn wir erst mal keinen Staub aufwirbeln.«

»Aber selbst wenn dieser Folterknecht in die Einbrüche verwickelt ist, woher wusste der so schnell, dass wir in der Sache ermitteln?«, überlegte Peter. »Der Auftrag war erst ein paar Stunden alt, als uns dieser Typ allemachen wollte!«
»Schon richtig«, erwiderte Bob. »Aber dafür gäbe es genügend Erklärungen. Zum Beispiel, dass die Häuser der Verdächtigen von ihm oder einem Komplizen beschattet werden und wir gesehen wurden, als wir die Crouchs besucht haben. Und zumindest in Rocky Beach sind wir ja keine unbeschriebenen Blätter.«
»In jedem Fall …«, Justus fischte ein zerlesenes Bilderbuch aus seiner Kiste – *Harvey Halbmond geht auf Reisen* –, »… sollten wir dem Betrieb genauestens auf den Zahn fühlen. Denn auch der Umstand, dass jener junge Mann nach euch aus der Geisterbahn fuhr, lässt mir keine Ruhe. Wie kann so etwas sein?«
»Vielleicht gibt es verschiedene Strecken da drin?«, mutmaßte Peter. »Und ihn hat man auf die längere geschickt.«
»Das halte ich für nahezu ausgeschlossen. Solche Bahnen sind sicher nicht auf alternative Routen ausgelegt.« Justus warf sein Buch in die Müllkiste. Harvey Halbmond war nicht mehr zu retten. »Ich habe nach der Schule noch recherchiert und herausgefunden, dass die *Fahrt in die Hölle* von einem gewissen Luther Litti betrieben wird. Diesen Herrn sollten wir vielleicht als Nächstes aufsuchen, um …«
»Justus! Peter! Bohob! Essen ist fertig!«, hallte Tante Mathildas Stimme in diesem Moment über den Hof.
»Super Timing!« Der Zweite Detektiv sprang auf. »Mir hängt der Magen schon in den Kniekehlen!«

Es gab Käsemakkaroni und zum Nachtisch Twinkies, kleine Küchlein mit Cremefüllung. Justus nahm vier, Bob verdrehte genüsslich die Augen und Peter hätte sich am liebsten reingelegt.
»Mrs Jonas, die sind klasse!«, sagte er mit vollem Mund und zeigte auf die Kalorienbombe in seiner Hand. »Echt klasse! Dafür würde ich glatt einen Mord begehen!«
Tante Mathilda lachte. »Na, na, junger Mann, wir wollen es mal nicht übertreiben!«
»Apropos Mord!« Onkel Titus zeigte zu dem kleinen Fernseher, der auf der Anrichte lief. »Machst du mal bitte lauter, mein Engel, da ist wieder was passiert.«
Tante Mathilda zwinkerte ihrem Gatten zu. »Wenn du mich so nett bittest.«
Eine perfekt gestylte Reporterin namens Sunday-Rose Hernández stand mit Mikrofon vor einem Laden. Als Tante Mathilda den Fernseher lauter stellte, schwenkte die Kamera und zeigte ein zertrümmertes Schaufenster. Und dann das Firmenschild über dem Eingang: *Münzen Huntley*.
»Der Laden ist doch in der Innensta…«
»Schscht!«, unterbrach Justus Peter.
»… vierte Einbruch in ein derartiges Geschäft innerhalb der letzten zwei Wochen.« Sunday-Rose war wieder zu sehen und machte ein professionell betroffenes Gesicht. »Doch auch dieses Mal kann die Polizei mit einem schnellen Erfolg aufwarten. Einer inoffiziellen Quelle zufolge stellte sich noch gestern Abend ein gewisser Quentin Hay, ein junger Programmierer aus Malibu, den Behörden.«
Ein Foto wurde eingeblendet, das einen Mann um die zwan-

zig zeigte. Dünnes, hellbraunes Haar, schmales Gesicht, blasse Hautfarbe, eine absolut unauffällige Person.
Peter fiel der Twinkie aus der Hand. »Das … das ist … der Typ vor uns! In der Schlange!«
»Du hast …« Bob verschluckte sich vor Aufregung und hustete. »Du hast recht! Das ist er! Ganz sicher!«
»Ihr kennt den Einbrecher?« Auf Tante Mathildas Stirn bildeten sich misstrauische Falten.
»Nein, keine Sorge«, beschwichtigte sie Justus. »Wir sind ihm nur zufällig über den Weg gelaufen.«
»Der sieht gar nicht nach Verbrecher aus«, fand Onkel Titus. »Eher nach … Bücherwurm.«
Tante Mathilda zeigte mit der Kuchenschaufel auf ihren Mann. »Als wenn du wüsstest, wie Verbrecher aussehen!«
Justus stand auf, Peter und Bob taten es ihm gleich. »Wir müssen dann mal los.«
»Jetzt?« Die Kuchenschaufel zielte auf die drei Jungen. »Aber da sind doch noch Twinkies.«
»Danke, war superlecker, aber ich bin pappsatt.«
»Ich auch, danke.«
Die drei Detektive liefen über den Schrottplatz zum Kalten Tor, einem riesigen Kühlschrank, dessen Tür sich mittels eines Hebels verschieben ließ, und eilten durch einen kurzen Wellblechtunnel zu ihrer Zentrale. Dort schnappte sich Justus sofort das Telefon, wählte und schaltete auf Lautsprecher, damit Peter und Bob mithören konnten.
»Inoffizielle Quelle«, wiederholte Bob, was die Reporterin gesagt hatte, und setzte sich auf den Rand eines der Sessel. »Heißt wohl, dass da jemand geplaudert hat.«

Peter grinste. »Wahrscheinlich hat ihn die hübsche Sunday-Rose so lange bezirzt, bis er klein beigab.«
»Cotta, Police Department?«, bellte die Stimme des Polizisten aus dem Lautsprecher. Cotta war offenbar alles andere als gut gelaunt.
»Inspektor Cotta, hier Justus Jonas. Inspektor, wir haben diesen Mr Hay gestern Abend …«
»Stopp, Justus! Nein! Himmel noch mal! Mann, wenn ich dieses Labermaul in die Finger kriege!«
Justus hielt den Hörer ein paar Zentimeter weiter vom Ohr weg. »Wen? Hay?«
»Ach! Hay! Der Name wurde nie offiziell bestätigt! Diesen Mann gibt es offiziell gar nicht! Keiner kennt ihn!«
»Offiziell«, echote Peter und schaute Bob vielsagend an.
»Also war es nicht Hay, der in den Münzladen eingebrochen hat?«, fragte Justus betont arglos.
Cotta holte Luft. »Das … ich kann dir dazu nichts sagen.«
»Er streitet es aber auch nicht ab«, stellte Bob fest. »Also war es Hay.«
»Wir haben ihn gestern Abend gesehen«, fuhr Justus fort. »An der Geisterbahn auf dem Jahrmarkt.«
Cotta brauchte eine Sekunde, ehe er antwortete. »Ja? Und? Dann war er eben vorher da.«
»Matthew und Carlisle waren vorher auch dort. Und in dem Schmuckgeschäft in Beverly Hills haben wir einen Chip ebenjener Geisterbahn gefunden. War der betreffende Verdächtige auch auf dem Jahrmarkt, bevor er diesen Laden ausnahm?«
Cotta stöhnte laut und vernehmlich. »Justus. Und Peter und

Bob, ihr hört sicher auch zu. Tut mir einen Gefallen und haltet euch da raus, ja? Das ist eine Nummer zu groß für euch. Okay?«

Cotta legte grußlos auf und Justus starrte verärgert den Hörer an. »Dann eben auf anderem Weg, Mr Cotta!«

Als Nächstes riefen die drei Jungen Matthews Mutter an, um zu erfahren, ob Matthew an dem betreffenden Abend eventuell auch mit der Geisterbahn gefahren war.

»Geisterbahn? Keine Ahnung, ich weiß es nicht. Ich sagte euch ja schon, dass Matti an dem Abend sehr verschlossen war und mir kaum etwas erzählt hat.«

»War Matthew alleine auf dem County Fair oder mit Freunden? Vielleicht könnten die uns weiterhelfen.«

Mrs Crouch zögerte. »Matthew hat nicht so viele Freunde. Er war immer schon ein Einzelgänger und lebte vor allem in seiner Fantasie. Oder eben in seinen Computerwelten, das habt ihr ja mitbekommen. Zwei gute Freunde hat er zwar, aber an dem Abend war er alleine unterwegs.«

»Verstehe. Also wissen Sie nur von der Rose, die er beim Tortenwerfen gewonnen hat?«, fragte Justus nach.

»Ja. Und das hat er mir vielleicht auch nur erzählt, weil ich ihn danach gefragt habe. Wisst ihr, er brachte mir jedes Jahr etwas vom Jahrmarkt mit, seit er da alleine hingehen darf. Letztes Jahr war es, glaube ich, so ein verzerrtes Foto von ihm, das er irgendwo dort aufnehmen ließ.« Mrs Crouch lachte wehmütig. »Matti ganz dick und hässlich.«

»In Ordnung. Wir danken Ihnen, Mrs Crouch. Sobald wir etwas Neues wissen, melden wir uns bei Ihnen.« Der Erste Detektiv beendete das Gespräch.

»Noch 'ne Sackgasse«, meinte Peter.

Justus grunzte nur missmutig.

Aber Bob wirkte auf einmal sehr konzentriert. »Foto … verzerrtes Foto!«

»Was ist damit?«, fragte Peter.

»Beim Spiegelkabinett gab es einen Bildschirm, auf dem man seine eigene Gestalt fürchterlich verzerrt und entstellt bewundern konnte!«

»Ja? Und?«

»Um das zu bewerkstelligen, muss irgendwo davor, daneben oder darüber eine Videokamera installiert sein, die wahllos Passanten aufnimmt.«

»Ich kann dir nicht folgen«, sagte Peter.

»Ich auch nicht.« Justus zuckte die Achseln.

Bob lächelte wissend. »Eine Kamera, die alles aufnimmt, was ihr vor die Linse kommt. Und genau gegenüber dem Spiegelkabinett, sozusagen in Blickrichtung der Kamera, befindet sich … die *Fahrt in die Hölle*!«

Eine Hand wäscht die andere

Der Erste Detektiv zeigte auf seinen Freund. »Ein genialer Einfall, Dritter! Falls die Kamera tatsächlich auch die Geisterbahn erfasst, die Aufnahmen irgendwo gespeichert werden und wir eine Möglichkeit finden, uns diese Aufnahmen anzusehen, ließe sich verifizieren, ob Matthew ebenfalls an dem besagten Abend mit dieser Geisterbahn gefahren ist!«

»Damit wären es dann schon drei«, sagte Bob und zählte bis drei an seinen Fingern ab. »Hay, Matthew und vermutlich jener Verdächtige, dem der Einbruch bei Edna zur Last gelegt wird. Was die *Fahrt in die Hölle* endgültig zu unserer heißesten Spur machen würde.«

Verifizieren: durch Überprüfung die Richtigkeit eines Sachverhalts bestätigen. Peter klappte sein Büchlein zu. Ein Wort statt sieben. Manchmal taugte Justus' Kauderwelsch doch zu etwas. »Aber wie sollen wir an diese Aufnahmen rankommen, Kollegen? Auf Youtube stehen die sicher nicht.«

Justus erhob sich. »Statten wir dem Spiegelkabinett einen Besuch ab. Vermutlich müssen wir wieder tief in unsere detektivische Trickkiste greifen, aber es wäre doch gelacht, wenn sich kein Weg zu den Aufnahmen finden ließe. Wir könnten bei dieser Gelegenheit sogar noch überprüfen, ob auch Carlisle vorgestern Abend vor der *Fahrt in die Hölle* auftaucht – womit dann alle vier Verdächtigen mit diesem Fahrgeschäft in Verbindung stünden.«

Doch ganz so schnell, wie sich das die drei ??? vorstellten, konnten sie dann doch nicht zum Jahrmarkt aufbrechen.

Tante Mathilda erblickte sie durchs offene Küchenfenster, als sie zu Bobs Käfer liefen.
»Immer langsam mit den jungen Pferden!«, rief sie quer über den Schrottplatz. »Justus, du wolltest abspülen, erinnerst du dich? Twinkies gegen Abwaschen, so hatten wir das gestern ausgemacht. Ich stand heute Vormittag eine Stunde in der Küche, weil sich Herr Jonas Junior diese Küchlein gewünscht hat.«
»Ähm, ja, aber Tante …« Justus blieb stehen.
»Nein, kein ›Ähm‹, kein ›Ja, aber‹! Sein Wort muss man halten. Und die Spielsachen müssen auch fertig werden. Heute Abend kommt jemand, der sich für sie interessiert! Also, marsch an die Arbeit!«
Da gab es kein Entrinnen. Widerwillig fügten sich die drei Jungen in ihr Schicksal. Der einzige Vorteil insbesondere an der Arbeit an den Spielsachen war der, dass sie dafür entlohnt wurden. Und in ihren Geldbeuteln herrschte nach dem jüngsten Besuch auf dem County Fair gähnende Leere.
Es wurde daher später Nachmittag, bis sie auf dem Jahrmarkt eintrafen. Er war ähnlich gut besucht wie tags zuvor. Es war das letzte Wochenende und viele wollten noch einmal die Vergnügungen des County Fairs genießen, bevor er für ein Jahr wieder seine Tore schloss.
Die Jungen schoben sich durch die Menge und steuerten die linke Gasse an, die Bob gestern abgelaufen war. Ihr Ziel war zunächst die Kamera des Spiegelkabinetts, die auf die Passanten gerichtet war. Sie wollten ihre Ausrichtung überprüfen, um sicherzugehen, dass sie auch wirklich die Leute vor der Geisterbahn erfasste.

»Es reicht, wenn wir auf den Bildschirm schauen«, sagte Bob. »Das ist ja der Ausschnitt, den die Kamera erfasst.«
»Stimmt!« Justus zeigte über die Köpfe der Leute hinweg zu dem riesigen Flachbildmonitor, der leicht erhöht in einer verspiegelten Nische des *Mirror Queerers* stand. »Dahin, Kollegen!«
Peter erreichte den Bildschirm als Erster. Das Gewimmel von Menschen war darauf zu sehen, das sich vor dem Spiegelkabinett durch die Gasse schob, und im Hintergrund die Fassade der *Fahrt in die Hölle*. Der Zweite Detektiv stellte sich genau vor die Kamera, die neben dem Bildschirm positioniert war, und streckte dem Objektiv die Zunge raus.
»Ich kann keine großen Unterschiede erkennen«, sagte Justus lapidar und zeigte auf den Bildschirm, wo Peters Gesicht aussah, als hätte es jemand in eine Schrottpresse gelegt. Im nächsten Moment änderte sich die Darstellung und der Kopf des Zweiten Detektivs wurde wie ein Kaugummi in die Länge gezogen. »Du, Bob?«
Der dritte Detektiv lachte. »Mr Spaghettikopf!«
»Und so sähest du normalerweise aus, Just …« Peter deutete auf einen überschlanken Justus neben sich auf dem Monitor. »… wenn eine deiner Diäten mal Erfolg hätte.«
Der Erste Detektiv lächelte milde. »Komm, Mr Spaghettikopf, suchen wir nach dem Betreiber dieses Spiegelpalastes.«
Der Betreiber war eine Betreiberin, wie sich bald herausstellte. Der ältere Herr im Kassenhäuschen war nur ein angestellter Rentner und hatte mit dem Spiegelkabinett ansonsten nichts zu tun. Aber er rief auf Bitten der drei ??? die Geschäftsführung an, die gleich erscheinen wollte. Während sie warte-

ten, sahen sie hinüber zur Geisterbahn. Wie gestern Abend drängelten sich dort zahlreiche Menschen unter der burgähnlichen Fassade, aus deren Fenstern Skelette, Zombies und etliche andere Gruselgestalten baumelten. Der einäugige Riese war nirgends zu sehen. Dafür entdeckte der Erste Detektiv jene Wahrsagerin, die ihn mit ihren merkwürdigen Fragen verunsichert hatte. Sie stand neben dem Kassenhäuschen und unterhielt sich mit einem der Vampire.

»Wer wollte mich sprechen?«

Die drei drehten sich um. Hinter ihnen stand ein Mädchen, das nicht viel älter war als sie selbst. Lange, schwarze Haare, die zu einem Pferdeschwanz gebunden waren, braune Augen, sehr hübsch. Und im Moment offenbar sehr übellaunig.

»Sind … bist du die Geschäftsleitung?«, fragte Justus verwundert.

»Bin ich. Was gibt's?«

»Also die Besitzerin dieses Spiegelkabinetts?«

Das Mädchen verschränkte die Arme vor der Brust. »Meine Eltern. Die gerade nicht da sind. Also müsst ihr mit mir vorliebnehmen, wenn's genehm ist. Wo drückt der Schuh? Habt ihr da drin was verloren?« Sie nickte zum Eingang. »Oder euch an einem Spiegel den Kopf gestoßen?« Ein bissiges Lächeln umspielte ihre Lippen.

»Nein«, übernahm Bob. »Wir wollten fragen, ob die Aufnahmen jener Kamera …« Er deutete auf das Gerät neben dem Bildschirm. »… aufgezeichnet werden und ob wir uns die Aufzeichnungen der letzten Tage ansehen können.«

Dem Mädchen klappte der Mund auf. »Bitte? Wollt ihr mich veralbern?«

Die drei Detektive versuchten es mit der Wahrheit. Auf dem Weg zum Jahrmarkt waren sie zwar verschiedene Strategien durchgegangen bis hin zu einer unbekannten großen Liebe, der Peter auf dem Jahrmarkt begegnet sei und die ihm genau vor dem Bildschirm ihre Telefonnummer auf einen Zettel geschrieben habe, den Peter aber später verlor, genauso wie sein Gedächtnis wegen eines anschließenden Unfalls, weswegen er sich auch nicht mehr an den Tag erinnern könne, an dem das passiert war, aber jetzt müsse er unbedingt diese Nummer haben, weil er sonst …

Kurz und gut, sie versuchten es mit der Wahrheit.

»Detektive also.« Das Mädchen lachte leise. »Die ihren Freund retten wollen. Sehr ritterlich.« Ihre Miene verdüsterte sich wieder. »Aber zu eurer Frage. Ja und nein. Ja, die Aufnahmen haben wir alle auf Festplatte, weil oft Leute im Nachhinein noch Fotos von sich und ihren Liebsten als Breitwurst oder Strich in der Landschaft wollen, und nein, die könnt ihr nicht sehen. Datenschutz und so. War's das?«

»Ach, bitte!« Peter setzte seinen charmantesten Blick auf. »Das wäre echt ganz toll. Und wir könnten weiter edle Ritter sein.«

Das Mädchen schüttelte den Kopf. »Kommt nicht in die Tüte. Meine Eltern reißen mir die Rübe ab, wenn ich das mache.«

»Wir sagen es auch ganz bestimmt nicht weiter!«, versicherte Bob.

»Keine Chance!«

»Und du hättest einen Wunsch frei bei uns«, setzte Peter hinzu. »Einen Wunsch bei edlen Rittern! Überleg doch mal!

Kennst du einen Drachen, den wir für dich erlegen sollen? Ein Wort, und du bekommst seinen Kopf auf einer Lanze serviert!«

Jetzt musste das Mädchen doch lächeln. Und auf einmal stahl sich ein listiger Ausdruck in ihre Augen. »Vielleicht … gäbe es da tatsächlich eine Möglichkeit …«

»Ja?«

»Super! Wie?«

»Ein kleiner Einsatz heute Abend. Ich brauche auch nur zwei von euch.«

»Wofür?«, fragte Justus vorsichtig.

»Werd ich euch sagen.«

In wenigen Sätzen legte das Mädchen seine Bedingungen dar. »Also, was meint ihr? Eine Hand wäscht die andere?«

Die drei Jungen sahen sie ungläubig an.

»Du meinst das ernst, oder?« Peter versuchte sich vorzustellen, was da auf sie zukam. Im wahrsten Sinne des Wortes auf sie zukam. Und wenn sie einer dabei sah? Grauenhaft!

»Das wäre echt ritterlich.« Das Mädchen hob das Kinn. »Also? Deal?«

»Deal«, flüsterte Bob.

»Hm«, grunzte Peter. »Meinetwegen.«

»Aber wir losen!«, sagte Justus.

»Super! Ich heiße übrigens Daphne! Dann kommt mit! Ich führe euch zum Heiligen Gral. Oder wo man als Ritter eben so hinwill.« Sie kicherte.

Doch so beunruhigend ihnen die Gegenleistung erschien, die sie später für diesen Blick ins Kameraarchiv würden erbringen müssen, so erfolgreich waren ihre Ermittlungen. Sie sahen die Aufnahmen der entsprechenden Tage durch, und alle Verdächtigen waren jeweils an dem Abend vor ihrem angeblichen Einbruch mit der Geisterbahn gefahren oder hatten sich zumindest dort in die Schlange gestellt: Matthew, Hay und Carlisle. Von Hay wussten sie es schon und Matthew und Carlisle erkannten sie auf den Aufnahmen, die ihnen jetzt in unbearbeiteter Form zur Verfügung standen. Nachdem sie den Zoom auf die Geisterbahn eingestellt hatten, konnte es keinen Zweifel mehr geben. Auch diese beiden hatten die Fahrt in die Hölle angetreten. Und von dem vierten Verdächtigen hatten sie zumindest den Chip.

»Das F von *Fahrt* sieht übrigens auch aus wie ein Sichelbeil.« Peter deutete auf den riesigen Schriftzug über der Fassade.

Justus nickte. »Das Beil findet sich auch noch an anderen Stellen.« Er zeigte auf zwei gekreuzte Sichelbeile über einem Fenster und ein Beil, das als rot erleuchtete Neonskulptur über dem Kassenhäuschen hing. »Scheint eine Art Markenzeichen zu sein.«

Daphne musste schmunzeln. »An eurer Theorie, dass diese Kerle nichts mit den Einbrüchen zu tun haben, scheint wirklich was dran zu sein.«

»Wieso?«, fragte Peter.

»Na ja, ich glaube, diesen einen, Carlisle, habe ich auch schon mal gesehen.« Sie blinzelte teilnahmsvoll. »Wie er heulend aus dem Zelt von Madame Au-Delà kam, dieser Wahrsagerin. Offenbar sah seine Zukunft sehr düster aus.«

Bob nickte. »Der machte wirklich einen ziemlich sensiblen Eindruck.«

»Wie die anderen auch«, fügte Justus nachdenklich hinzu.

Nosferatu

Diesmal sollten Justus und Peter fahren. Justus, weil er sich selbst einmal ein Bild vom Inneren der Bahn machen wollte, und Peter, weil er es das letzte Mal geschafft hatte, den Bügel zu öffnen. Das würde auch dieses Mal nötig sein.

»Und was ist, wenn der Scharfrichter wieder auftaucht?«, fragte der Zweite Detektiv auf dem Weg zum Kassenhaus der Geisterbahn. Schon der Gedanke an den einäugigen Hünen ließ Peters Knie weich werden.

»Ich habe vorgesorgt.« Justus zog eine kleine, schwarz-gelbe Spraydose aus der Tasche.

»Pfefferspray!«, staunte Bob. »Wo hast du das denn her?«

»Das habe ich vor ein paar Tagen in einer alten Handtasche entdeckt, die Onkel Titus zusammen mit etlichen anderen Damenaccessoires von einem Flohmarkt mitgebracht hat. Ich dachte, das könnte uns irgendwann gute Dienste erweisen.«

Peter schien ein wenig beruhigter. »Hm. Nicht schlecht. Aber was wir da vorhaben, ist auch nicht legal.«

»Wer auch immer dieses Fahrgeschäft für seine Zwecke missbraucht, scheint sich ebenfalls nicht groß darum zu kümmern, was legal ist oder nicht.«

»Aber in welcher Hinsicht?« Bob zuckte die Schultern. »Ich meine, was ist da wie warum faul? Alle bisherigen Spuren führen zwar dorthinein, aber wieso, warum, wohin – darüber wissen wir rein gar nichts.«

»Vielleicht sind Peter und ich nach dieser Fahrt ein wenig

schlauer, mal sehen«, erwiderte Justus. »Und im Anschluss werden wir uns dem Personal widmen. Stellt euch schon mal auf eine durchwachte Nacht und anstrengende Beschattungsaktionen ein, Kollegen.«

»Oje«, jammerte Peter, »das war's dann wohl mit Ausschlafen am Sonntag.«

Justus und Peter sorgten noch dafür, dass die Walkie-Talkies nicht zu sehen waren, die sie aus der Zentrale mitgenommen hatten und mit denen sie Kontakt zu Bob halten wollten. Dann stellten sie sich am Ende der Schlange an.

Die Kundschaft, die mit der Geisterbahn fahren wollte, bestand hauptsächlich aus Teenagern, die sich gegenseitig neckten und erschreckten. Aber auch ein paar Kinder mit ihren Eltern waren noch darunter, die umso stiller wurden, je näher sie dem Kassenhäuschen kamen, und mit großen Augen die Gruselattrappen anstarrten, denen sie auf dem Weg dorthin begegneten. Und ein älteres Ehepaar bemerkte Justus, das sich sichtlich auf sein schauriges Vorhaben freute.

In langsamen Schritten kamen die beiden Detektive vorwärts. Peter hatte den Eindruck, dass das Zischen und Brüllen und Fauchen noch lauter waren als gestern. Man verstand kaum sein eigenes Wort. Da es bereits dämmerte, erstrahlte die Geisterbahn wie der Rest des Jahrmarktes in voller Beleuchtung. Rot und Grün dominierten, mehrere Schwarzlichtlampen erzeugten gruselige Effekte an den Zähnen einiger Horrorwesen, ein blauer Strahler strich über die Menge, die sich draußen vor der Geisterbahn vorbeischob.

Im Häuschen saß wieder die Kaugummifrau. Zwei Chips zu je drei Dollar. Justus schob ihr die Scheine über den Tresen

und nahm die Plastikmünzen entgegen. Diesmal überlegte es sich niemand im letzten Moment anders.
Auf dem Weg zum Einsteige-Vampir fiel Justus' Blick noch einmal auf die blauen Chips in seiner Hand. Der schwarze Scharfrichter mit seiner Axt. Seinem Beil. Auf einmal gerieten seine Gedanken ins Stocken. Der Erste Detektiv kannte das. Als würde eine Hand aus seinem Unterbewusstsein auftauchen, die seinem Denken Einhalt gebot beziehungsweise ihn auf irgendetwas aufmerksam machen wollte. Aber worauf? Das Kassenhäuschen? Den schlaksigen Vampir vor ihm? Den Chip, die Geräusche, die Lichter, die Leute da draußen? Was hatte sein Unterbewusstsein mitbekommen, das ihm noch entging?
»Eine Gondel für zwei frische Mahlzeiten?« Der Vampir sah sie durstig an und nahm Justus die Chips aus der Hand. »Bitte einzusteigen! Und die Hälse frei zu machen! Hehe!«
Beim Schließen der Bügel sah Peter diesmal genauer hin. Der Mechanismus war denkbar einfach. Zwei massive Haken, die rechts und links in einer Vertiefung der Seitenwände verschwanden und dort hörbar einrasteten. Mit seinem Dietrichset und ohne Panikattacken sollte das kein Problem darstellen. Die Gondel fuhr an.
»Gleich kommt die Pfeifdüse, Just, nicht erschrecken.«
»Was? Welche Düse?«
Peter wartete noch zwei Sekunden, dann ertönte das Pfeifen und der warme Luftstrahl fegte Justus die Haare aus der Stirn. Der Erste Detektiv zuckte zusammen.
»Diese Düse.«
»Na toll. Das kann ja heiter werden.«

Der Zweite Detektiv lachte. Doch als die Gondel abermals unter den Klauen von Frankensteins Monster hindurchfuhr, verkrampften sich seine Lippen. Die Begegnung mit dem Scharfrichter steckte Peter immer noch in den Knochen. Würde den das Pfefferspray überhaupt interessieren? Vielleicht war das Zeug schon alt? Hatte jahrelang in der Handtasche herumgelegen? Den Zweiten Detektiv schauderte.
Im Gegensatz zu Peter konnten den Ersten Detektiv die dargebotenen Effekte, Gestalten und Szenen nicht beeindrucken. »Folie«, war alles, was er sagte, als der Drache wieder Blut auf sie spuckte. Justus sah sich die ganze Zeit aufmerksam um, beobachtete, wirkte sehr konzentriert, während die Gondel auf ihren Schienen dahinrumpelte.
Anders Peter. Es war wie verhext. Er wollte ruhig und gelassen bleiben, ermahnte sich immer wieder, jetzt doch mal runterzukommen. Aber seine Nervosität nahm mit jedem Meter, den ihr Wagen zurücklegte, zu. Wieso? Wegen des Scharfrichters? Vermutlich. Aber das Pfefferspray würde ihn schon in die Flucht schlagen. Oder? Wegen dieser ganzen gruseligen Gestalten? Die waren aus Pappe! Das Geschrei und Geröchel kam vom Band! Mensch, Peter! Grauen aus der Dose! Reiß dich zusammen! Du bist keine fünf mehr!
Doch so richtig funktionierte die Selbstbeschwichtigung nicht. Ein flaues Gefühl im Magen blieb, ein Rest Unbehagen. Ein nicht zu kleiner Rest …
Die Gondel fuhr in die Folterkammer ein. Peters Blick flog sofort zu dem Mädchen auf dem Richtblock.
»Er ist nicht da, Just!«, zischte Peter. »Der Scharfrichter! Sieh doch! Da drüben stand er gestern! Bei dem Mädchen!«

Justus folgte dem ausgestreckten Finger. »Umso besser.« Dann blickte er nach oben und in einige Ecken. »Keine Überwachungskameras, soweit ich das beurteilen kann. Mach dich bereit!« Er zeigte nach vorne. »Hinter dieser Biegung müssen wir raus, damit uns die Nachfolgenden nicht sehen.«

»Alles klar!« Peter holte sein Dietrichset hervor und machte sich an dem Schließmechanismus zu schaffen. Als die Gondel ihr Tempo verlangsamte, ertönte ein leises Klicken. »Nummer eins. Drück dagegen, damit hier das Schloss nicht mehr einrastet!«, forderte Peter seinen Freund auf und beugte sich über Justus hinweg zur anderen Seite. Mit dem zweiten Verschluss brauchte er etwas länger. Die Gondel kam nun vollends zum Stehen, aber der Zweite Detektiv nestelte immer noch mit seinem Dietrichbesteck in der Vertiefung herum.

»Dein Ellenbogen!«, keuchte Justus. »Der drückt auf meine Rippe!«

»Ich mach ja schon! Für mich ist das auch nicht besonders bequem.«

Erst als die Gondel erneut anfuhr, hatte Peter das zweite Schloss geknackt. Er setzte sich wieder hin, Justus drückte den Bügel vor und die Gondel schob sich um die Kurve.

»Jetzt aber raus hier!«, sagte Peter. »Hinter dem Kettenvorhang geht's steil abwärts.«

Justus fasste sich noch einmal an die schmerzende Rippe und hievte sich dann aus der Gondel. Peter stand ebenfalls auf, setzte einen Fuß über den Rand – und blieb hängen!

»Verdammt!«

»Was ist, Zweiter? Steig schon aus!«
»Will ich ja!«, rief Peter und zerrte hektisch an seiner Jacke. »Ich hänge fest! Mist! Irgendwas hat sich hier verhakt!«
»Zweiter, beeil dich!« Justus sah zum Kettenvorhang. Und die Gondel nahm jetzt rasant Fahrt auf, der Erste Detektiv fing an zu laufen. »Reiß dich los!«
»Die Jacke ist nagelneu! Meine Mutter killt mich!« Der Zweite Detektiv ruckelte und zog, aber er kam nicht los.
»Egal! Du musst jetzt sofort – Peter!«
Zu spät! Die Gondel rollte durch den Kettenvorhang und Peter konnte gerade noch den Fuß einziehen, bevor sie nach vorne kippte und die Abfahrt hinabschoss.
Der Zweite Detektiv krallte sich an der Seitenwand und am offenen Bügel fest, um nicht aus der Gondel zu fallen. Als der Wagen wieder in die Waagrechte überging, drückte es ihn schmerzhaft auf die Sitzbank. Wie zum Hohn löste sich jetzt die Jacke. Ohne zu zerreißen. Von Justus war nichts mehr zu hören.
Peter atmete durch. Das war gründlich in die Hose gegangen. Mist. Aber Justus würde sicher alleine klarkommen. Und er selbst musste eben wieder unverrichteter Dinge nach draußen fahren. Dumm gelaufen.
Doch diese Fahrt war anders als die gestern mit Bob. Alleine zu fahren war anders. Zumal Peter schlagartig bewusst wurde, dass das Pfefferspray bei Justus geblieben war. Vielleicht wartete der Scharfrichter ja heute woanders auf ihn? Peter rückte in die Mitte der Sitzbank und sah beklommen um sich. Überall Schatten und Nischen. Jede Menge Verstecke und Hinterhalte. Blitzte es da metallisch? Ein Beil? Nein, ein

Zombie mit einer Kettensäge. Da! Ein schwarzer Umhang! Nein, nur ein Vampir, der einer Frau in weißen Gewändern das Blut aus dem Halse saugte.
Ein schauerliches Lachen dröhnte durch den Tunnel. Echt oder vom Band? Vom Band, ganz sicher vom Band. Ein Schrumpfkopf schnellte aus einer Nische und zuckte wieder zurück. Hatte der was gesagt? Der hatte doch was geflüstert. Seinen Namen? Ein riesiger Geier mit einem Knochen im Schnabel flog plötzlich aus dem Dunkeln auf ihn zu und zog kurz vor der Gondel nach oben.
Da! Wieder sein Name! Ganz deutlich! »Peter!« Jemand hatte seinen Namen geflüstert!
Dann blieb dem Zweiten Detektiv das Herz stehen und ihm entfuhr ein leiser Schrei. Jemand hatte ihn angefasst! Ganz deutlich! Von hinten hatte ihm jemand auf die Schulter getippt! Er wand und drehte sich, doch da war niemand. Hatte er sich getäuscht? Hatte ihm seine Fantasie einen Streich gespielt? Wie lange dauerte diese Fahrt denn noch?
Plötzlich – Peter hatte gerade eine schauerliche Gruppe von Werwölfen passiert, die um ihre zappelnde Beute rangen – erlosch das Licht und die Gondel machte einen scharfen Ruck nach rechts. Tiefstes Schwarz umgab Peter. Undurchdringliche Finsternis. Die Gondel blieb stehen, irgendetwas knarrte, dann war es mucksmäuschenstill. Kein Laut, kein Licht, nichts rührte sich.
Für Sekunden, die Peter wie eine Ewigkeit vorkamen. Nichts geschah. Stille.
Der Zweite Detektiv wagte nicht zu atmen. Was war hier los? Wo war er? Es roch merkwürdig. Wie auf dem Friedhof.

Oder in einer Kirche. Seine Gedanken überschlugen sich und gleichzeitig war Peter nicht in der Lage, auch nur einen davon zu fassen zu bekommen.
Ein Atmen! Jemand atmete ganz in der Nähe! Ein raues Atmen. Nicht er selbst, das war nicht er!
Panik breitete sich in Peter aus. Wie eine dunkle Woge raste die Angst auf ihn zu. Hier war jemand!
Wieder ein Flüstern! Nicht zu verstehen. Peter? Nein, sein Name war das nicht. Vier Silben. Dunkel und unheilvoll.
Dann glomm ein Licht auf. Direkt vor ihm. Ein winziger Lichtpunkt, der allmählich größer wurde. Etwas drehte sich im Licht. Rote und schwarze Spiralen. Drehten sich im Kreis herum und wurden größer. Drehten sich und drehten sich.
»Nos-fe-ra-tu«, flüsterte die Stimme. »Nos-fe-ra-tu.« Immer wieder. Leise, gleichförmig, beständig. Wie ein Gebet. »Nos-fe-ra-tu.«
Die Spiralen drehten sich, drehten sich um Peter, in Peter, drehten ihn in sich hinein.
»Nosferatu, Nosferatu, Nosferatu.«
Und dann wuchs diese Gestalt aus dem Boden. Ein bleicher, totenkopfartiger Schädel, blutunterlaufene Augen, raubtierhafte Eckzähne. Fingernägel, lang und spitz wie Dolche, griffen nach ihm …

Blackout

»Peter! Verflixt!« Justus sah der Gondel hinterher, wie sie nach vorne kippte und dann verschwand. Hinterherrennen machte keinen Sinn. Musste er sich eben alleine umsehen. Aber zuerst verstecken. Er duckte sich hinter eine alte Truhe und wartete, bis die nachfolgende Gondel vorbeigefahren war. Danach hatte er ein paar Sekunden Zeit, um die Lage zu sondieren. Der Erste Detektiv ließ seinen Blick schweifen und hob gleichzeitig das Walkie-Talkie zum Mund. »Bob, bitte kommen!«, flüsterte er.

Er vergewisserte sich, dass ihre Aktion von keiner Überwachungskamera erfasst worden war. Nein, auch in diesem Teil der Folterkammer entdeckte er kein derartiges Gerät. Aber die Crew der Geisterbahn musste doch wissen, was hier drinnen vor sich ging! Ob irgendetwas nicht funktionierte oder mit den Fahrgästen alles in Ordnung war. Und tatsächlich! Als er vorsichtig um die Ecke lugte, entdeckte er am anderen Ende der Folterkammer ein kugelförmiges Kameraauge, das unter einem Holzbalken hing und sich langsam drehte! Sofort zog sich Justus wieder zurück. Gab es die Dinger also doch hier drinnen! Auf seinem weiteren Weg würde er wachsam sein müssen.

Aus dem Walkie-Talkie kam nur Rauschen.

»Dritter? Hörst du mich? Bitte kommen, Bob!«

Nichts. Kein Empfang hier drinnen. Justus schaltete das Funkgerät aus, wartete die nächste Gondel ab und ging los. Es war nicht allzu schwierig, in dem dunklen, verwinkelten

Tunnel der Geisterbahn unbemerkt zu bleiben. Es gab genügend Nischen, Vorsprünge, Aufbauten und Requisiten, hinter denen sich Justus verstecken konnte, wenn er einen Wagen an sich vorbeifahren lassen musste. Und die Kameras waren alle problemlos zu erkennen. Sie hingen dort, wo Justus sie ebenfalls angebracht hätte: an den Stellen, die den besten Überblick über den jeweiligen Teil des Fahrkurses boten. Außerdem wurden fast nur die Areale in der Nähe der Gleise von Schweinwerfern, Strahlern und anderen Lichtquellen erfasst. Die meisten Bereiche lagen im Dunkeln.

Nur einmal wurde es äußerst brenzlig. Außer dem Ersten Detektiv bewegte sich nämlich noch jemand zu Fuß durch den Tunnel. Als Justus eine Art Hexenhöhle durchschritt, in der rot beleuchtete Gestalten um ein künstliches Feuer tanzten, löste sich auf einmal eine der Figuren aus der Gruppe. Ein Teufel mit einem gefährlich aussehenden Dreizack verließ die Hexensippe und drehte sich zu Justus um. Der Erste Detektiv hatte gerade noch Zeit, hinter einem überdimensionalen Kochtopf, aus dem schleimige Plastikkröten ragten, Deckung zu nehmen. Vermutlich war der Teufel dafür zuständig, die Fahrgäste zu erschrecken, und hatte jetzt Dienstschluss oder machte eine Pause.

Irgendetwas Auffälliges, Merkwürdiges oder Aufschlussreiches konnte Justus auf seinem Fußmarsch durch die Geisterbahn jedoch nicht entdecken. Das alles war in etwa so, wie er es erwartet hatte. Viel Lärm um nichts. Eine am Ende doch recht ernüchternde Veranstaltung, um den Leuten das Geld aus der Tasche zu ziehen. Aber was hatte er auch erhofft zu finden? Das geheime Versteck einer skrupellosen Diebesbande? Zufällig hinterlassene Spuren, die ihnen hilfreich sein konnten? Einen einäugigen Scharfrichter, der hinter einer Gruppe von Papptrollen seine erbeuteten Juwelen sichtete? Nein, viel Aussicht auf Erfolg hatte diese Unternehmung von Anfang an nicht gehabt. Andererseits war es unbedingt notwendig gewesen, sich die *Fahrt in die Hölle* einmal genauer anzusehen. Weil alle Spuren hierherführten. Und weil sie so zumindest schon einmal wussten, wo sie nicht mehr suchen mussten. Auch das gehörte zur Detektivarbeit. Als Nächstes würden sie sich dem Personal widmen.

Nur eines fand Justus ein wenig seltsam. In einem kurzen U-Knick des Tunnels irgendwo an der Hinterseite der ganzen Anlage stolperte er beim Überqueren der Gleise über eine Weiche. Es war dunkel hier, Attraktionen gab es keine, es musste sich um eine Art Verbindungsstück von der hinter ihm liegenden Werwolf-Szenerie zur nächsten Gruselnummer handeln. Aber wozu die Weiche? Zumal es sich nur um eine Abzweigung handelte, die jedoch keine Fortsetzung fand. Das Hauptgleis führte geradeaus weiter, der Abzweig endete nach etwa zwei Metern an einer Wand. Es musste die Rückwand der Geisterbahn sein, vermutete der Erste Detektiv. Die einzige Erklärung, die Justus dafür fand, war die, dass man hier offenbar ein Gleisteil verbaut hatte, das früher an anderer Stelle zum Einsatz gekommen war. Was eine neue Frage aufwarf. Eine Abzweigung? In einer Geisterbahn? Hatte Peter doch recht gehabt mit seiner Vermutung, dass es in so einer Bahn alternative Routen geben könnte? Justus mochte das kaum glauben.

Als er nach zwanzig Minuten die Geisterbahn über das Maul

des Gnoms unbeobachtet verließ, musste er über diese Unstimmigkeit immer noch nachdenken. Daher fiel ihm nicht auf, dass ihn Bob, der gleich hinter dem Absperrgitter auf seine Freunde gewartet hatte, mehr als fragend musterte.

»Und Peter?« Bob sah Justus erwartungsvoll an.

»Bitte?« Justus hob den Kopf.

»Wo ist Peter?« Bob sah hinter Justus. Nein, kein Peter.

»Peter?« Jetzt erst war Justus wieder bei der Sache. »Aber der ist doch schon längst wieder ausgefahren.«

»Nein, ist er nicht. Und wieso gefahren? Ich dachte, ihr seid da drin ausgestiegen.«

Justus beschlich ein ungutes Gefühl. »Das sind wir auch. Also ich. Peter ist an der Gondel hängen geblieben und kam nicht raus. Er ist alleine weitergefahren.«

»Und wo ist er dann?«

»Das kann doch nicht sein!« Justus wurde nervös. »Ich habe es genau beobachtet! Er ist mit der Gondel davongefahren! Durch diesen Kettenvorhang.«

»Aber er ist nie rausgekommen!«

Justus sah Bob stumm an.

»Da stimmt etwas nicht!« Der dritte Detektiv zeigte zum Kassenhäuschen. »Wir schlagen jetzt Alarm, Just! Sofort! Irgendetwas geht hier nicht mit rechten Dingen zu!«

»Du hast recht, Dritter! Komm!«

Die beiden Detektive setzten sich in Bewegung, als ihnen plötzlich Madame Au-Delà in den Weg trat.

»Nicht gut! Gar nicht gut!« Sie streckte ihnen die offenen Handflächen entgegen und machte damit seltsame Bewegungen.

»Ähm, bitte?« Bob wich ein Stück zurück.
»Eure Aura! Ich spüren eine große Negativität! Angst!« Die Augen der Frau wurden größer. Sie schob ihre Halbmondbrille zurecht und näherte sich den Jungen. »Großes Unheil schweben über euch!«, raunte sie mit verschwörerischer Stimme. »Großes Unheil!«
»Wie kommen Sie darauf?«, fragte Justus unwirsch. Was wollte diese alte Hexe von ihnen? Und wieso wusste sie schon wieder, was sie gar nicht wissen konnte?
»Eure Sorgen euch umgeben wie Aureole!« Madame Au-Delà beschrieb einen großen Kreis um die Jungen. »Ich sie förmlich sehen können! Grün und rot! Sie lodert!«
»Lodert?« Bob fand die Frau einfach nur schräg.
»Ja! Lodert! Kommen mit mir! In meine Zelt! Ich können euch helfen! Helfen, eurer verhängnisvollen Zukunft zu entgehen! Ihr müssen euch hüten!«
»Hüten? Wovor?«, fragte Justus.
»Just, wir haben jetzt keine Zeit für so was!« Bob zog seinen Freund am Ärmel. »Komm schon! Wir …« Bob hielt inne. »Peter! Da ist Peter!«
Der Erste Detektiv fuhr herum. Tatsächlich! Gerade fuhr Peter durch das Gnommaul nach draußen! Alleine in einer Gondel. Und wie es aussah, unversehrt.
»Das ist doch nicht möglich!«, entfuhr es Justus.
Zusammen liefen die beiden Jungen nach vorne zum Absperrgitter. Madame Au-Delà rief ihnen noch irgendetwas hinterher, aber das hörten sie nicht mehr.
Peter hatte sie noch nicht entdeckt. Wobei er sich auch gar nicht nach ihnen umsah. Seltsam unbeteiligt saß er in seiner

Gondel und musste von dem Aussteige-Vampir auch zweimal aufgefordert werden, den Wagen zu verlassen. Danach blieb er neben den Gleisen auf dem Gittersteg stehen und wusste offenbar nicht, wohin.

»Peter! Hierher! Hier sind wir!« Bob winkte seinem Freund. »Dahinten! Da geht's raus!«

Peter lächelte wächsern. Während er langsam dem Ausgang zustrebte, sahen sich Justus und Bob besorgt an.

»Wo warst du denn?«, nahm Justus seinen Freund in Empfang. »Bist du doch noch rausgekommen?«

Peter zögerte, blickte Justus unsicher an. »I…ja, ich bin gerade rausgekommen.«

»Nein, aus der Gondel, meine ich.«

»Aus der … Gondel?«

Bob schüttelte den Kopf. »Geht's dir nicht gut? Du wirkst irgendwie … angeschlagen.«

Peter blinzelte. »Ich weiß nicht. Ja. Irgendwie komisch. Ein bisschen übel ist mir. Schwindelig.«

»Was war denn dadrinnen los?« Justus ließ nicht locker. »Wieso bist du jetzt erst rausgekommen?«

»Ich … weiß nicht. Ich bin … gefahren. In der Geisterbahn.«

»Ja, aber ich bin zu Fuß gelaufen und war über eine Viertelstunde dadrinnen unterwegs! Und du kommst jetzt erst mit der Gondel raus!« Justus sah seinen Freund ernst an. »Was war los, Peter? Was ist mit dir?«

Der Zweite Detektiv zögerte, hob zaghaft die Schultern. »Ich … weiß es nicht. Ich dachte, ich wäre mit der Geisterbahn gefahren. Bin ich nicht?«

Bob kniff die Augen zusammen. »Irgendetwas stimmt nicht

mit dir, Peter. Du bist echt komisch drauf. Und du wirkst auch so … neben der Spur. Als wärst du gerade aufgewacht. Nachts um halb drei.«
Peter sah zu Boden. »Ich … weiß es nicht. Und ehrlich gesagt, kann ich mich überhaupt nicht daran erinnern, was in der Geisterbahn passiert ist.«
»Sollen wir dich zum Arzt bringen?«, fragte Justus.
»Nein, ich glaube nicht. Aber ich würde jetzt gerne alleine sein. Mir ist nicht mehr so nach Rummel und dem ganzen Krach hier. Ich bin müde.«
Bob nickte. »Okay. Wir bringen dich nach Hause. Und du bist sicher, dass sonst alles in Ordnung ist?«
»Ich glaube schon. Aber … ich gehe lieber alleine.«
»Unsinn! Komm mit!«
Die Fahrt zu Peter nach Hause verlief schweigsam. Justus und Bob fragten noch einmal nach, ob sich Peter auch wirklich an nichts erinnern könne, was in der Geisterbahn passiert sei. Aber ihr Freund hatte offenbar einen Filmriss. Blackout. Und er wurde mit jeder Minute nervöser.
»Wir setzen dann morgen unsere Ermittlungen fort, in Ordnung?«, fragte Justus, als sie Peter vor seinem Haus abgesetzt hatten. »Erhol dich gut, schlaf dich aus!«
»Gute Nacht.« Peter drehte sich um und lief zur Haustür.
»Gute Nacht!«, wiederholte Bob leise. »Und das um kurz nach acht. Ich mache mir echt Sorgen, Justus. Wirklich.«
Der Erste Detektiv nickte langsam. »Ich mir auch.«

Schuldig!

Justus und Bob mussten noch einmal zurück zum Jahrmarkt, um die Abmachung mit Daphne einzuhalten. Lust hatten sie beide nicht, vor allem jetzt, da es Peter nicht gut ging. Wobei von Lust ohnehin nie die Rede gewesen war.

»Da haben wir uns auf was eingelassen …«, seufzte Bob und sperrte seinen Käfer ab.

»Allerdings.« Der Erste Detektiv zog ein missmutiges Gesicht. »Zumal uns die Aufzeichnungen des Spiegelkabinetts nicht wirklich weitergebracht haben. Eher im Gegenteil.«

Bob nickte. »Ich weiß, was du meinst. Peter. Wenn wir nur wüssten, was mit ihm los ist! Vielleicht hat er was Falsches gegessen?«

»Die Twinkies und die Makkaroni? Dann wäre uns auch nicht gut. Nein, das ist es nicht. Es muss mit der Fahrt in der Geisterbahn zu tun haben. Irgendetwas muss da passiert sein.«

»Du hast recht. Aber was?«

Der Erste Detektiv sah auf die Uhr. »Wir haben noch ein wenig Zeit. Daphne erwartet uns erst um neun. Verschaffen wir uns einmal einen Eindruck von diesem Luther Litti.«

Die Kaugummifrau an der Kasse der *Fahrt in die Hölle* musste grinsen, als Justus ihr mitteilte, dass er gern den Geschäftsführer sprechen wolle. »Geschäftsführer, soso! Na dann. Geht um den Laden herum, Jungs. Er müsste in dem rotzgelben Ei von Wohnwagen auf der Rückseite sitzen.«

Die beiden Detektive hatten keine Mühe, den beschriebenen Anhänger zu finden. Die Form- und Farbbezeichnung

der Kassiererin passten hervorragend. Doch als Bob die zwei Stufen zur Wohnwagentür erklimmen wollte, hielt ihn Justus zurück.
»Warte!«, flüsterte der Erste Detektiv. Er legte den Finger an die Lippen und deutete zur Tür.
Bob wusste sofort, was Justus meinte. Die Tür war offen. Gedämpftes Licht drang durch den Spalt. Und Wörter. Jemand sprach. Nein, telefonierte. Der dritte Detektiv drehte wie Justus den Kopf, sodass er besser hören konnte, was gesagt wurde.
»… ach, hören Sie doch auf! Wer soll denn das bezahlen? Sie wissen doch selbst am besten, wie die Geschäfte laufen! … Unmöglich! Sie machen Witze! Das kann ich nicht! Keine Chance! … Dann müssen Sie eben selbst durch die Lande tingeln! … Fragen Sie doch Ihre Schwester! Es wird immer schwieriger! Die Leute …«
»Just! Da!« Bob zeigte nach hinten. Die Kaugummifrau bog gerade um die Ecke.
»Mist!« Der Erste Detektiv stieg die Stufen hinauf und klopfte. »Mr Litti?«, rief er laut.
Ein kurzes Zögern. »Ja?«, drang es durch die Tür. »Was ist denn?«
Justus und Bob stießen die Tür auf. An einem schäbigen Klapptisch saß ein hagerer Mann um die vierzig. Wellige, dunkelbraune Haare, blaue Augen, stark hervortretender Adamsapfel. Und eine dick bandagierte linke Hand. Vor ihm auf dem Tisch ein fleckiger Kaffeebecher mit abgebrochenem Henkel, ein Laptop und einige Papiere. Es sah nach Buchhaltung aus.

»Hätten Sie kurz Zeit für uns?«, fragte Justus.
»Moment, bitte«, sagte Litti ins Telefon und legte die Hand auf die Sprechmuschel. »Was wollt ihr denn? Wer seid ihr?«
Der Erste Detektiv setzte zu einer Antwort an, stockte jedoch für eine Sekunde. Neben den Papieren funkelte es: ein wunderschöner Ring, der in einem aufgeklappten, schwarzsamtenen Etui steckte! Hinter ihnen ertönten Schritte auf den Metallstufen. Die Kassenfrau.
Litti folgte Justus' Blick, klappte schnell das Etui zu und ließ es unter dem Tisch verschwinden. Der Erste Detektiv sah noch ein goldenes Logo auf dem Deckel aufblitzen, konnte es jedoch nicht genau erkennen. Ein Buchstabe vielleicht. Oder ein Zeichen.
»Hi, Luther!« Die Frau schob sich kauend an den beiden Jungen vorbei. »Was wollen die beiden Süßen denn von dir?«
»Ähm, wir, ähm, wollten fragen, ob Sie noch Hilfe gebrauchen können«, log Bob. Diesen Vorwand hatten sich die beiden Jungen auf dem Weg hierher ausgedacht. »Ob Sie vielleicht Arbeit für uns haben.« Und wenn Litti tatsächlich Verwendung für sie hätte, könnten sie die *Fahrt in die Hölle* und ihr Personal noch genauer unter die Lupe nehmen.
Doch Litti winkte ab. »Hilfe? Arbeit?« Er schüttelte den Kopf. »Jungs, morgen ist hier Zapfenstreich. Dann gehen die Lichter aus.«
»Für den Abbau vielleicht?«, fragte Justus.
»Nein, nein, wir sind genug Leute.«
Sein Gesprächspartner am Telefon schien etwas zu sagen. »Zwei Jungs«, antwortete Litti. »Suchen 'nen Job.« Dann wandte er sich wieder an Justus und Bob. »Tut mir leid,

Jungs. Ich hab nichts für euch. Hi, Loreen!« Litti lächelte seiner Angestellten zu. »Machst du mir 'nen frischen Kaffee, Schatz? Die Plörre hier ätzt mir den Magen weg.«
»Klaro, Baby.«
»Schade. Aber danke«, sagte Justus. »Dann auf Wiedersehen. Schönen Abend.«
»Tschüssi!«, flötete Loreen. Litti grunzte nur und widmete sich wieder seinem Telefonpartner.
Der Erste Detektiv wartete, bis sie außer Sicht- und Hörweite waren. »Das war ja höchst aufschlussreich!« Er nickte Bob bedeutungsvoll zu.
»Du meinst die bandagierte Hand? Könnte von einer Glasscheibe herrühren. Einer Schaufensterscheibe.«
»Das auch. Aber ich dachte vor allem an den offenbar neuen und wertvollen Ring, den Litti so schnell unseren Blicken entzog. Bedauerlicherweise konnte ich das Logo auf der Schatulle nicht mehr erkennen. In Anbetracht der Tatsache, dass Litti in finanziellen Schwierigkeiten zu stecken scheint, wie sich dem Gespräch unschwer entnehmen ließ, kann man sich durchaus die Frage stellen, woher er das Geld haben sollte, sich so einen Ring zu leisten!«
Bob verstand. »Er musste das Geld vielleicht gar nicht haben, weil er auf anderem Weg an den Ring kam! Durch ein zersplittertes Schaufenster zum Beispiel!«
Justus streckte den Zeigefinger aus. »Diese Vermutung liegt in der Tat nicht allzu fern! Wenn ich nur das Logo erkannt hätte! Falls der Ring aus einem der ausgeraubten Geschäfte stammt, haben wir mehr als eine heiße Spur. Das wäre dann schon beinahe ein Beweis!«

Auf dem Weg zu Daphne unterhielten sich die beiden Detektive über das weitere Vorgehen. Sie mussten diesen Ring und seine Schatulle noch einmal zu Gesicht bekommen. Und dazu war es nötig, noch einmal in den Wohnwagen zu gelangen. Doch genau da lag die Schwierigkeit.
Daphne begrüßte sie freundlich und schon ein wenig aufgeregt vor dem Spiegelkabinett. »Da seid ihr ja! Echte Ritter, die ihr Wort halten!« Sie kiekste. »Super! Kommt mit!«
Daphne hatte heute Abend frei und wollte mit ihrem Freund Tom ausgehen. Aber der war bei seinem Job zu einer Extraschicht verdonnert worden und Daphne sollte sogar noch mit aushelfen, was der Grund für ihre miese Laune am Nachmittag gewesen war. Dank Justus und Bob konnte sie sich nun mit Tom treffen. Denn Justus und Bob würden sie vertreten – als lebendige Zielscheiben beim Tortenwerfen!
Die nächsten anderthalb Stunden strichen Justus und Bob für immer aus ihrem Gedächtnis. Alles war noch viel fürchterlicher, als sie es sich ausgemalt hatten. Die klebrigen Minitorten, die ihnen ins Gesicht flogen, schmeckten einfach nur widerlich, der Andrang der Kunden war überwältigend, die Leute trafen hervorragend, besonders Justus, und das Schlimmste war: Gegen Ende der Folter tauchten ein paar Mitschüler auf. Erst waren sie an dem Stand vorbeigegangen, aber dann hatte einer von ihnen, Jeff, diese Quarknase, die beiden Detektive erkannt. Von da an verpulverte die Clique ein halbes Vermögen, um Justus oder Bob durch eines der Löcher zu treffen, durch das die ihre Gesichter stecken mussten.
Und als sie schließlich von Daphne und ihrem Freund erlöst

wurden, stellte man Justus und Bob nur eine Schüssel mit Wasser hin, damit sie sich das Gesicht waschen konnten. Dabei hatte Justus die Pampe auch in den Haaren und Bob war ein Stück Torte durch den Schutzumhang in den Kragen geflutscht und hatte sich gleichmäßig um den Hals verteilt.

»Man sollte den Besitzer bei der Liga für Menschenrechte anzeigen!«, knurrte der Erste Detektiv, als sie sich durch die Menge zurück zum Auto arbeiteten.

»Ich habe mich noch nie so sehr auf eine Dusche gefreut.« Bob wich den Blicken der entgegenkommenden Leute aus, die sie verwundert und belustigt angafften.

Plötzlich tippte Justus jemand auf die Schulter. Der Erste Detektiv drehte sich genervt um.

»Ja, ich weiß, ich habe Torte in den Haaren! Das hat man mir schon –«

»Verschwinde von hier! Und lass dich nie mehr blicken! Ist besser für dich!« Der Scharfrichter!

Justus und Bob waren für einen Moment wie gelähmt. Der Erste Detektiv starrte in das weit aufgerissene, zornig blitzende Auge des Mannes.

»Verstanden?«, knurrte der Scharfrichter.

»Aber … was … was wollen Sie … von uns?«, brachte Bob hervor. Sein Blick zuckte nach links. Der Riese hatte sein Beil dabei! Das Sichelbeil!

Aber der Scharfrichter zischte ihm ein »Nimm dich in Acht!« zu, drehte sich um und ging mit schweren Schritten davon.

»Wa-warten Sie!« Justus erwachte aus seiner Starre. »Wer sind Sie? Wir müssen mit Ihnen reden!«

Justus und Bob setzten sich in Bewegung. Doch der Scharfrichter hatte sich schon ein gutes Stück entfernt. Erschrocken machten ihm die Leute Platz, als er wie ein Bulldozer durch die Menge pflügte. Aber hinter ihm schlossen sich die Reihen sofort wieder und nun waren es eher neugierige Blicke, die dem Furcht einflößenden Riesen folgten. Die beiden Jungen hatten keine Chance, ihn in dem Gedränge einzuholen.
»Was soll das?«, stieß der dritte Detektiv hervor. »Will der Kerl uns einschüchtern, oder was?«
Justus dachte nach. »Vielleicht. Ich weiß nicht. Aber merkwürdigerweise hatte ich irgendwie den …« Das Firmenhandy, das er diesmal dabei hatte, klingelte und Justus holte es aus der Tasche. »… Eindruck, dass er uns – Polizei!« Der Erste Detektiv zeigte auf das Display. »Es ist die Nummer vom Police Department! Vielleicht Inspektor Cotta.« Justus ging ran. »Justus Jonas von den drei Detektiven.«
»Justus! Justus!« Es war nicht Cotta. Es war Peters Mutter. Und dem Klang ihrer Stimme nach zu urteilen, musste Schreckliches geschehen sein. Sie war völlig aufgelöst. »Justus, sie haben … Peter abgeholt! Justus, was ist passiert? Weißt du, was passiert ist? Bitte, du musst es mir sagen!«
»Mrs Shaw, bitte beruhigen Sie sich!« Justus warf Bob einen alarmierten Blick zu. »Wer hat Peter abgeholt? Was ist geschehen?«
»Die … die Polizei! Sie haben … haben Peter … verhaftet! Vorhin. Sie sagen, er … er hat ein Geschäft … ausgeraubt! Oh Gott, Justus! Was ist passiert? Das stimmt doch nicht, oder, Justus, das stimmt doch nicht!«

Der Erste Detektiv hatte das Gefühl, als ob ihm jemand mit einem riesigen Hammer auf den Kopf schlüge. Für einen Augenblick drehte sich alles um ihn und er musste sich an Bob festhalten. »Wir kommen!«, hauchte er ins Telefon. »Wir kommen!«

Verwandlungen

Justus und Bob fuhren schweigend zum Police Department. Als die beiden Detektive dort eintrafen, saßen Peters Eltern im Wartebereich vor dem Empfangsschalter im Erdgeschoss. Peters Mutter saß vornübergebeugt auf der Kante eines billigen Plastikstuhls und hatte das Gesicht in ihren Händen vergraben. Mr Shaw hatte seiner Frau den Arm um die Schultern gelegt und sprach beruhigend auf sie ein.
In den nächsten Minuten erfuhren die beiden Detektive, was sich am Abend bei den Shaws zugetragen hatte. Peters Mutter musste dabei immer wieder innehalten, weil ihr die Tränen in die Augen stiegen oder ihr die Stimme versagte. Dann tröstete sie ihr Mann und erzählte an ihrer Stelle den Jungen von den unglaublichen Ereignissen.
Kurz nachdem Justus und Bob ihren Freund nach Hause gebracht hatten, war Peter noch einmal weggefahren. Seine Mutter hatte nur gehört, wie sein Schlüssel klimperte und die Tür ins Schloss fiel. Gesagt habe er nichts, sei auch nicht ins Wohnzimmer gekommen, wo sie und ihr Mann ferngesehen hätten. Schon das hätte sie stutzig machen müssen, weil es Peter überhaupt nicht ähnlich sehe, sich einfach wortlos davonzustehlen.
»Aber er war doch so kaputt«, wunderte sich Bob. »Und auch irgendwie durcheinander. Zu uns hat er gesagt, dass er nur ins Bett will.«
»Bei euch war er auch schon so komisch?« Mr Shaw runzelte die Stirn.

»Ja, aber er hat uns nicht gesagt, was los ist.«
»Wir haben das auch bemerkt. Aber erst, als er nach einer guten Stunde wieder nach Hause kam.«
Seine Mutter meinte, Peter habe auf sie einen erschöpften und verwirrten Eindruck gemacht. Ihre Frage, ob irgendetwas sei, habe er jedoch verneint. Alles sei in Ordnung, er sei nur müde, wolle ins Bett. Sie habe dann noch gehört, wie er ins Bad gegangen sei, und anschließend habe er noch einmal kurz telefoniert.
»Telefoniert?«, fragte Bob nach.
»Ja, mit seinem Handy. Ich habe mich auch gewundert, weil er doch so müde war. Das Telefonat dauerte aber nicht lange, Peter hat kaum etwas gesagt.«
»Haben Sie etwas verstanden? Wissen Sie, mit wem er gesprochen hat?«
»Nein. Ich dachte, mit euch. Ich bin noch mal zu ihm hin und habe gefragt, ob er mit euch noch was ausgemacht hat, aber er hat nur den Kopf geschüttelt. Dann ist er schlafen gegangen.«
Mrs Shaw unterdrückte ein Schluchzen und strich sich das aufgelöste Haar nach hinten. »Es ging ihm nicht gut. Es ging ihm wirklich nicht gut. Ich hätte mich mehr um ihn kümmern müssen!«
»Liebling!« Mr Shaw nahm die Hand seiner Frau. »Mach dir keine Vorwürfe!«
Zehn Minuten später war die Polizei angerückt. Zwei Streifenwagen, Polizisten, die an die Tür hämmerten, gezogene Waffen, Peter in Handschellen. Dasselbe Programm, das sie bei den Crouchs abgespult hatten. Und doch um so vieles

schlimmer. Der Gedanke an einen Peter in Handschellen schnürte Justus und Bob die Kehle zu. Sie konnten sich nicht einmal annäherungsweise vorstellen, wie sehr ihr Freund gelitten haben musste. Von der Polizei aus dem eigenen Haus geschleift zu werden! Peter! Und jetzt saß er dort unten im Keller des Polizeigebäudes mutterseelenallein in einer Zelle! Gerade einmal fünf Minuten hatte man seinen Eltern erlaubt, mit ihm zu sprechen, und das auch nur im Beisein eines Beamten. Nicht einmal in den Arm hatten sie ihn nehmen dürfen! Bob hätte heulen können und auch Justus schluckte schwer.

Doch das Unfassbarste war, dass sich Peter nicht gegen seine Verhaftung gewehrt hatte. Wie Matthew Crouch hatte auch er alles regungslos über sich ergehen lassen.

»Er hat nur gesagt: ›Ich war's. Ja, ich war es. Ich habe heute Abend den Juwelier Reinhard in der Seymour Street ausgeraubt.‹ Das waren seine Worte.« Mr Shaw schaute finster vor sich hin. Seine Stimme zitterte. Mrs Shaw weinte.

»Zwischen halb neun und halb zehn.« Justus war kaum in der Lage, einen klaren Kopf zu behalten. »Und er hat kein Alibi. Im Gegenteil.«

»Ich kann das nicht verstehen, ich kann es einfach nicht verstehen!« Mrs Shaw schloss die Augen, wischte sich die Tränen ab, atmete schwer. »Was ist da nur passiert?« Sie ergriff Justus' Hand, sah ihn und Bob flehend an. »Könnt ihr ihm nicht helfen? Ihr kennt doch alle möglichen Leute, auch Polizisten!«

Der Erste Detektiv fragte einen der Beamten am Schalter nach dem diensthabenden Inspektor. Es war Kershaw. Ausgerechnet Kershaw! Aus Gründen, die nur er kannte, mochte der Mann sie nicht. Was zugegebenermaßen auf Gegenseitigkeit beruhte. Kershaw brauchten sie gar nicht erst zu fragen, ob er irgendetwas für Peter tun könnte, ob sie ihn vielleicht sehen könnten. Der würde sie nur wegschicken und sich ins Fäustchen lachen, dass er ihnen endlich mal eins reindrücken konnte. Und Cotta hatte frei und war nicht zu erreichen.

Justus und Bob machten in dieser Nacht kein Auge zu. Gegen Mitternacht waren sie in die Zentrale gefahren, hatten sich noch bis zwei Uhr morgens die Köpfe heißgeredet und waren dann wie erschlagen in ihre Betten gekrochen. Wo sie jedoch nicht geschlafen, sondern sich weiter das Hirn zermartert hatten, bis draußen ein fahler, regnerischer Tag begann.

Um neun Uhr morgens trafen die beiden Jungen wieder im Police Department ein. Peter sollte nachher dem Haftrichter vorgeführt werden. Mrs und Mr Shaw waren schon da. Beide sahen fürchterlich aus und hatten in dieser Nacht mit Sicherheit ebenfalls keine einzige Sekunde geschlafen.

Und Cotta war da! Kurz nach Justus und Bob betrat er pfeifend das Department mit einem Kaffeebecher in der einen und einer Tüte Donuts in der anderen Hand. Als er Justus und Bob entdeckte, blieb er erst verdattert stehen. Dann verfinsterte sich seine Miene. Mit schnellen Schritten kam er auf die Jungen zu.

»Was macht ihr denn hier? Was ist los? Ihr seht ja grauenvoll aus!« Er blickte zu Peters Eltern. »Guten Morgen.«

»Sie haben Peter verhaftet.« Justus sparte sich eine lange Einleitung. »Das sind seine Eltern.«
»Was?« Cotta fielen schier die Augen aus dem Kopf. »Was sagst du da? Willst du mich – was?«
»Sie haben richtig gehört.«
Justus und Bob erzählten dem Inspektor, was vorgefallen war. Cotta konnte nicht glauben, was er da hörte. In seiner langen Laufbahn als Polizist hatte er schon einiges erlebt. Aber das verschlug selbst ihm die Sprache.
»Ich fasse es nicht!« Cotta ließ sich auf einen der Stühle sinken.
»Inspektor, sehen Sie eine Chance, dass wir mit Peter sprechen können?«, fragte der Erste Detektiv.
Cotta nickte wie in Trance. »Das krieg ich irgendwie hin, Jungs.«
Zehn Minuten später betraten Justus, Bob und Peters Eltern die kleine Zelle im Keller des Polizeipräsidiums. Cotta war auch dabei. Es hatte ihn einige Telefonate gekostet und war offenbar alles andere als einfach gewesen. Aber schließlich hatte er erreicht, dass Peter diesen Besuch empfangen durfte. Mrs Shaw lief sofort zu ihrem Sohn und schloss ihn in die Arme. Sein Vater strich ihm über die verwuschelten Haare und lächelte ihm aufmunternd zu. »Hey, Kumpel! Alles in Ordnung?«
Nichts war in Ordnung. Peter sah noch schrecklicher aus als seine übernächtigten Eltern. Unter den glasigen Augen lagen dicke Ringe, seine Haut war wächsern, seine Haltung gebückt. Aber am schlimmsten war sein Blick, aus dem jede Hoffnung, jede Lebendigkeit gewichen war. Als ihn seine

Eltern wieder losließen, begrüßten Justus und Bob ihren Freund.

»Hey, Zweiter.« Justus legte Peter die Hand auf die Schulter. »Das ist ja ein Schlamassel, oder?«

»Kann man wohl sagen.« Peters Stimme klang dünn und brüchig.

Bob knuffte ihn und lächelte angestrengt. »Gemütlich hast du's hier.« Er nickte zu dem schmalen Bett, dem Tisch, dem Schrank. Alles schmucklos, karg und sehr bedrückend.

»Peter.« Cotta gab ihm die Hand.

»Hallo, Inspektor.«

Justus und Bob warteten geduldig, bis Mrs und Mr Shaw mit ihrem Sohn gesprochen hatten. Wie geht es dir? Wie hast du geschlafen? Brauchst du etwas? Können wir etwas für dich tun? Belanglosigkeiten, hinter denen sich die eigentliche Frage wie eine bedrohliche Wolke auftürmte. Justus war es schließlich, der sie stellte.

»Peter … das ist doch alles nicht wahr, oder?«

Der Zweite Detektiv senkte den Kopf, sagte nichts.

»Peter! Die Polizisten sagen, dass du den Juwelier in der Seymour Street ausgeraubt hast! Gestern Abend! Das ist doch Blödsinn!«

Peter hob den Blick, schüttelte unmerklich den Kopf. »Ist es nicht, Just. Ich war das. Ich hab's getan«, erwiderte er unendlich traurig.

Justus und Bob starrten ihren Freund an. Das war unmöglich! Schlichtweg unmöglich!

Cotta ergriff das Wort. »Wie hast du es getan, Peter? Nenne mir Einzelheiten!«

Der Zweite Detektiv zuckte die Achseln. »Weiß ich nicht mehr. Habe ich vergessen.«
»Ach, komm schon, Peter! Du bist ein cleverer Junge! Willst du mir erzählen, dass du nicht mehr weißt, wie du vor gerade mal zwölf Stunden zum ersten Mal in deinem Leben einen Laden ausgenommen hast?«
Peter kniff die Lippen zusammen. »Aber wenn ich es doch nicht mehr weiß.«
»Und die Beute? Was ist mit der Beute? Wo hast du die versteckt?«
Wieder ein Schulterzucken. »Keine Ahnung.«
Cotta schnaubte fassungslos. »Aber du bist dir sicher, dass du den Juwelier geplündert hast, ja?«
»Ja. Schon.«
»Und wieso weißt du das, wenn du alles andere nicht mehr weißt?«
Schulterzucken. »Weiß nicht. Aber ich war's.«
»Ich kann das nicht mehr hören!«, zischte Cotta leise. Er dachte einen Moment nach. »Deckst du jemanden, Peter, ist es das? Nimmst du die Schuld für irgendjemand anderen auf dich?«
»Für … Kelly?«, entfuhr es Bob. Aber im selben Augenblick wusste er, dass das mindestens genauso unsinnig war. Kelly, Peters Freundin!
Peter sah seinen Freund irritiert an. »Wie kommst du denn auf Kelly? So ein Quatsch! Nein, ich decke niemanden.« Er sah alle der Reihe nach an. »Ich weiß, dass das völlig irre klingt. Aber ich kann mich nur wiederholen: Das Einzige, was ich weiß, ist, dass ich das getan habe. Tut mir leid.«

»Peter!« Mrs Shaw kämpfte gegen die Tränen. »Ich kann das nicht glauben. Ich werde das nicht glauben. Nie!«

»Vielleicht bist du krank?«, meinte Peters Vater. »Wir sollten dich untersuchen lassen.«

»Mir geht's gut, Dad, wirklich.«

»Das ist doch völlig abgefahren!« Bob war verzweifelt. »Seit du gestern aus dieser bescheuerten Geisterbahn gekommen bist, bist du wie verwandelt. Ist dir da drin der leibhaftige Dracula erschienen? Oder …« Bob machte eine ratlose Geste. »… keine Ahnung … Nosferatu?«

Kaum hatte der dritte Detektiv zu Ende gesprochen, ging eine beängstigende Veränderung mit Peter vor. Sein Blick wurde starr, sein ganzer Körper versteinerte, er saß da wie festgefroren. Und dann fing er an zu zittern.

Jagd auf Geister

Die beiden Detektive und Peters Eltern warteten ungeduldig vor der Zelle. Endlich kam Cotta heraus.
Peters Mutter stürzte sogleich auf ihn zu. »Was ist mit Peter? Wie geht es ihm? Was hat er?«
»Die Psychologin ist sich nicht sicher. Als sie reinkam, wirkte Peters Zustand auf sie wie eine Art Schockstarre. Aber es ist ja gar nichts Schreckliches passiert. Ich habe ihr alles erzählt, was gesprochen wurde und geschehen ist, doch das lieferte ihr keinen Anhaltspunkt für Peters, ähm, Anfall. Und Peter, der sich mittlerweile wieder etwas erholt hat, kann sich auch an nichts erinnern, was ihn irgendwie erschreckt hätte.«
»Also geht's ihm wieder einigermaßen?«, fragte Bob.
Cotta nickte. »Noch ein bisschen blass um die Nase, aber er berappelt sich.«
»Der Junge ist krank«, meinte Mr Shaw. »Ich sage das ja schon die ganze Zeit.«
Cotta hob die Schultern. »Kann sein. Tracy, unsere Psychologin, empfiehlt, Peter genauer zu untersuchen. Sie meint, solche Zustände könnten unterschiedlichste Ursachen haben, das erfordere eingehende Analysen und intensive Gespräche.«
»Können wir denn jetzt wieder rein zu ihm?«, fragte Mrs Shaw.
»Ja, ich denke schon.«
Während Peters Eltern zurück zu ihrem Sohn in die Zelle gingen, blieben Justus und Bob mit Cotta auf dem Gang.

Der dritte Detektiv wartete, bis sich die Zellentür geschlossen hatte. »Er wird doch wieder gesund, oder?«, wandte er sich an Cotta.
»Wir wissen ja nicht mal, ob er krank ist. So eine Nacht in der Zelle hat schon ganz andere ziemlich konfus werden lassen.«
»Ich weiß nicht, ob konfus das richtige Wort ist«, widersprach Justus. »Peter ist nicht einfach nur durcheinander. Es gibt einen Grund für sein Befinden. Und dieser Grund steht in engstem Zusammenhang mit der *Fahrt in die Hölle*, dessen bin ich mir sicher.«
»Fahrt in die Hölle?« Cotta zog die Augenbrauen hoch.
»Die Geisterbahn, aus der Peter gestern so verwirrt rauskam«, klärte ihn Bob auf.
»Aha. Und was soll die mit seinem ...« Cotta suchte nach einem Wort. »... was auch immer er hat, zu tun haben?«
»Das gilt es so schnell wie möglich herauszufinden!« Justus sah den Polizisten eindringlich an. »Hören Sie, Inspektor, wir müssen diesen Laden von oben bis unten und von vorne bis hinten durchsuchen. Und zwar heute noch! Heute ist der letzte Tag des Jahrmarktes! Noch in dieser Nacht bauen die alles ab! Und da ist etwas, ich weiß das! Ich spüre das! Bob und ich sind jedoch alleine nicht in der Lage, die notwendigen Maßnahmen zu ergreifen!«
»Justus, sosehr ich eure Sorgen teile – nur weil du etwas spürst, kann ich nicht einfach –«
»Aber die waren alle vor ihrem angeblichen Raubzug in der Geisterbahn!«, unterbrach Justus den Polizisten. »Nicht nur auf dem Jahrmarkt, in der Geisterbahn! Das wissen wir in-

zwischen! Carlisle, Matthew, Hay und Peter! Alle vier! Nur von dem, der angeblich das Geschäft von Mrs Shinefield ausgeraubt hat, wissen wir es nicht, weil wir den nicht kennen.«

»Und in dieser Geisterbahn ist ein echt merkwürdiger Typ unterwegs«, ergänzte Bob. »Ein Riese mit einem Beil, der uns mehrfach bedroht hat.«

Cottas Blick wurde skeptisch. »Ein Riese mit einem Beil? Der euch bedroht hat?«

»Ja, hat er.« Bob merkte sofort, dass »Riese mit Beil« nicht unbedingt geeignet gewesen war, Cotta zu überzeugen. »Peter und mich. Vor allem Peter. In der Geisterbahn.«

»Jungs, es tut –«

»Und der Besitzer steckt aller Wahrscheinlichkeit nach in finanziellen Schwierigkeiten!«, fiel Justus Cotta abermals ins Wort. »Hat aber trotzdem einen klotzigen Ring in seinem Schreibtisch. Und eine verletzte Hand!«

»Ich will gar nicht wissen, woher ihr das schon wieder wisst.« Cotta zögerte, schüttelte dann aber entschuldigend den Kopf. »Jungs, es tut mir wirklich leid. Das ist alles schrecklich, auch für mich, das könnt ihr mir glauben. Aber ich kann nicht auf Verdacht ein ganzes Fahrgeschäft auf den Kopf stellen. Vor allem nicht am letzten Tag des County Fairs. Der Besitzer zerreißt uns wegen übler Nachrede und Umsatzverlust vor Gericht in der Luft.«

»Nur, wenn wir nichts finden!«, konterte Justus.

»Nein, Just! Wir werden gar nicht erst *suchen*! Kein Richter stellt mir aufgrund eurer Behauptungen einen Durchsuchungsbefehl aus. Der wird sagen, dass wir eindeutige

Geständnisse haben und es keinen Grund gibt, diesen Heckmeck zu veranstalten.«
»Das ist kein Heckmeck!!«
»Jungs, macht es nicht noch schlimmer, als es ohnehin schon ist. Lasst es gut sein. Ich tue für Peter, was ich kann, aber im Augenblick müssen wir es dabei auch belassen.«
Die beiden Jungen sahen Cotta hinterher, wie er den Gang hinunterging. Sie ärgerten sich maßlos. Und sie waren verzweifelt. Und durcheinander. Und ratlos. Alles auf einmal.
»Was machen wir jetzt?«, fragte Bob.
»Geister jagen«, knurrte Justus und setzte sich in Bewegung.

Der Plan des Ersten Detektivs war denkbar einfach. Außer dem Scharfrichter gab es nur eine Sache, die an der *Fahrt in die Hölle* wenigstens halbwegs verdächtig war und damit einen Ansatzpunkt für weitere Nachforschungen bot: Littis offensichtliche Geldnot und der protzige Ring. Sollte sich herausstellen, dass der aus einem der ausgeraubten Geschäfte stammte, konnten sie Cotta vielleicht umstimmen. Also mussten sie diesen Ring finden.
»Und wie wollen wir das anstellen?«, fragte Bob auf dem Weg zum Auto. »Nein, warte, sag es mir lieber nicht. Ich kann's mir denken. Aber etwas anderes verstehe ich nicht: Selbst wenn Litti den Ring und all die anderen Klunker geklaut hat – wieso behaupten dann Peter, Matthew und so weiter, dass sie es waren? Und wieso steht Peter so neben sich, wenn er es nicht war?«
Justus' Blick war starr geradeaus gerichtet. »Darum kümmern wir uns danach.«

Sie mussten also irgendwie in Littis Wohnwagen. Und zwar alleine. Denn wenn Litti den Ring gestohlen hatte, würde er ihn ihnen sicher nicht freiwillig zeigen. Wobei zu hoffen war, dass sich der Ring nach wie vor in dem Wohnei befand und nicht mittlerweile an irgendjemanden verhökert worden war.

Das Problem mit dem Wohnwagen löste sich auf recht unkomplizierte Weise. Nachdem die Jungen festgestellt hatten, dass sich niemand darin aufhielt, knackten sie das Schloss in Sekundenschnelle und ohne dass sie jemand dabei beobachtete mit Bobs Führerscheinkarte. Sie führten sie einfach in den Türschlitz ein und zogen sie nach oben.

»Peter hätte das nicht besser hinbekommen.« Der dritte Detektiv grinste.

Justus nicht. Der Gedanke an Peter machte ihn im Moment nur traurig.

Bob sollte in einiger Entfernung Wache halten, während Justus nach dem Ring suchte. Falls jemand käme, würde den Ersten Detektiv wie schon so oft der Ruf des Rotbauchfliegenschnäppers warnen.

Justus betrat den kleinen Wohnwagen und Bob stellte sich an der Ecke der Geisterbahn auf Position.

Viele Orte gab es nicht, an denen der Erste Detektiv in der wenigen Zeit, die ihm vermutlich zur Verfügung stand, suchen konnte. Die mit Papieren vollgestopfte Schublade unter dem Schreibtisch, in die Litti den Ring bei ihrem letzten Besuch hatte verschwinden lassen, die kleine Anrichte mit Geschirr, ein paar Oberschränke voller Krimskrams, Regale mit Ordnern und zerfledderten Zeitschriften, das Bett und

den Bettkasten mit Kleidung, das winzige Badeklo, in dem es unangenehm miefte, die aufklappbare Sitzbank, in der – die Schatulle lag! Oben auf einem Stapel Handtücher! Die schwarze Schatulle mit dem goldenen Logo. Einem Logo, das – Justus stutzte – ein Sichelbeil darstellte! Wieso war auf der Schatulle ein Sichelbeil?
Der Erste Detektiv nahm das Samtkästchen aus dem Sitzbankfach, als er plötzlich Stimmen hörte! Draußen, direkt neben dem Wohnwagen unterhalb eines abgeklebten Seitenfensters, das einen Spalt offen stand! Zwei Stimmen. Eine verhaltene Begrüßung. Wieso hatte Bob ihn nicht gewarnt? Der Erste Detektiv vermied jede Bewegung und lauschte.
»… brauchen noch einen Kandidaten! Den Juwelier in Malibu nehmen wir noch mit.«
Kannte er diese Stimme? Eine Männerstimme. Aber er redete so leise, dass Justus sie nicht wirklich zuordnen konnte. War das Litti? Dumm, dass auch er durch das Fenster kaum etwas sehen konnte! Nur zwei Schemen, einen großen, einen kleinen.
»Du weißt, dass das nicht so einfach ist. Die laufen ja nicht zuhauf da draußen rum! Die Sache gestern war schon ziemlich haarig. Die Kandidaten müssen gut ausgewählt werden, das geht nicht bei jedem.«
Der andere war der Stimme nach zu urteilen wesentlich jünger. Ein Teenager vielleicht sogar. Und die Sache gestern? Meinte der Kerl Peter? War hier die Rede von Peter?
»Ja, gestern war ja auch eine Ausnahme. Aber wir haben nur noch diesen Abend und Malibu bringt uns eine Menge, wenn die Auslage hält, was sie verspricht!«

Das waren die Einbrecher! Kein Zweifel! Justus konnte nur ahnen, was sie mit ›Kandidaten‹ meinten, aber die beiden planten ohne jede Frage einen weiteren Raubzug. Heute Abend in Malibu!

»Ich tue, was ich kann. Bereite du am besten jetzt schon mal alles vor, damit wir nachher keine Zeit verlieren.«

»Okay, du sagst mir Bescheid.«

»Sobald ich jemanden gefunden habe.«

Leise Schritte entfernten sich. Der Erste Detektiv wusste, dass das ihre Chance war. Sie mussten wissen, wer die beiden waren. Justus verlor keine Sekunde. Er schlich zur Wohnwagentür, öffnete sie leise und hielt nach Bob Ausschau. Da vorne! Er winkte ihm und glitt die beiden Stufen hinunter. Noch während Bob zu ihm lief, schob sich Justus vorsichtig um das Heck von Littis Wohnei und sah sich um.

Sie waren weg! Keine Spur mehr von den – doch! Die Metalltür an der Rückseite der Geisterbahn! Justus sah, wie sie langsam zufiel, und konnte noch einen schwarzen Herrenschuh unter dem Türblatt erkennen.

»Was machst du da?« Bob war heran. »Hast du den Ring gefunden?«

Justus hielt ihm die Schatulle vors Gesicht. »Mehr als das! Ich habe die Kerle belauscht! Sie standen direkt unter dem Wohnwagenfenster und haben den nächsten Coup besprochen.« Dem Ersten Detektiv wurde klar, wieso Bob die beiden nicht bemerkt hatte. Der Wohnwagen, die Rückseite der Geisterbahn und der Trailer der Wahrsagerin, der keine zehn Meter entfernt stand, bildeten ein kleines Areal, das Sichtschutz auf drei Seiten bot. Ein optimaler Platz für eine geheime Unterredung. Wenn die beiden Gauner aus Richtung Trailer gekommen waren, hatte Bob sie nicht sehen können.

»Den nächsten Coup? Heute? Wer? Wer sind die Typen?«

»Keine Ahnung. Ich konnte sie nicht sehen. Aber heute Nacht soll in Malibu ein Juwelier ausgeräumt werden! Und die beiden verschwanden gerade durch diese Tür!« Justus zeigte auf die unscheinbare Metalltür.

»Dann nichts wie hinterher!«

»Hoffen wir, dass sie aufgeht!«

Die beiden Jungen liefen los. Bis zu der Tür waren es nur ein paar Meter. Und sie war zum Glück nicht verschlossen! Dahinter war es ziemlich dunkel und es roch nach Schmiermittel und Plastik. Eine Metalltreppe führte steil nach oben in die obere Etage der Geisterbahn. Undeutlich waren Geräusche zu hören. Quietschen, Rattern, Schreie, Lachen. Aber gerade als Justus eintreten wollte, ertönten hinter ihnen Stimmen.

»Hey! Was macht ihr da?«

Die geheime Kammer

Zwei Vampire! Personal der *Fahrt in die Hölle*. Kamen armschwenkend auf sie zu. Aber Justus und Bob hatten keine Wahl. Sie mussten diese Chance nutzen. Es war vielleicht ihre einzige. Sie stürmten die Treppe hinauf.
»Gehören die auch dazu?« Bob riss die Augen auf. In der Dunkelheit konnte er kaum etwas erkennen.
»Zu der Bande? Weiß ich nicht. Aber wir können niemandem trauen.«
Oben an der Treppe begann ein Gang, in dem es etwas heller wurde. Ab und zu. Hinter einer Ecke blitzten blaue Lichter in regelmäßigem Abstand auf und verloschen wieder. Dort musste der Gondelkurs verlaufen.
»Siehst du jemanden?«, raunte Bob Justus zu.
»Nein. Aber sie können nicht weit sein.«
Unter ihnen schlug die Tür zu. »Hey! Kommt sofort raus da!«, schrie einer der Vampire.
»Mist!«, stieß Bob hervor. »Wenn die die anderen auf uns aufmerksam machen, sitzen wir echt in der Klemme!« Er schluckte. »Hast du das Pfefferspray dabei?«
Justus tastete im Laufen seine Jacke ab. »Nein! Das steht in der Zentrale auf dem Schreibtisch! Ich wusste ja heute Morgen nicht, dass wir noch einmal hier reinmüssen.«
Die Lichtblitze kamen aus dem Fahrabschnitt mit dem Blut spuckenden Drachen. Als die Jungen um die Ecke lugten, ratterte im Dunkeln eine Gondel an ihnen vorbei. Danach wurde es gleißend hell, das Pappmonster kam von der De-

cke, spuckte Blut auf die Folie vor ihm, die beiden Mädchen in der Gondel kreischten, das Licht erlosch, die Gondel fuhr weiter.

Eine Kamera konnte Justus hier nicht entdecken.

»Rechts oder links?«, flüsterte Bob.

Justus entschied aus dem Bauch heraus. Sie hatten keine Zeit.

»Rechts. Lass uns rechts gehen!« Er verließ das Versteck, bevor die nächste Gondel einfuhr.

Doch die war schneller da, als die beiden Detektive gedacht hatten. Quietschend und polternd kam sie aus dem finsteren Tunnel links von ihnen. Justus wollte sich schon nach einem neuen Versteck umsehen, als ihn Bob am Arm packte.

»Die ist leer, Just! Da sitzt keiner drin!«

In diesem Moment betraten die beiden Vampire die Drachenhöhle. »Da vorne sind sie!«, rief einer von ihnen und zeigte auf Bob.

»Los! Wir fahren mit!« Der dritte Detektiv zog seinen Freund zur Gondel. »So sind wir vermutlich schneller. Bei den Lichtverhältnissen hier drinnen knallen wir sonst bestimmt irgendwo gegen oder fallen andauernd über die Gleise. Vielleicht überholen wir sogar die beiden, die du belauscht hast, und können sie uns ganz unauffällig im Vorbeifahren ansehen!«

»O...kay, gute Idee!«

Die beiden Jungen ließen die Gondel herankommen. Dummerweise war der Passagierbügel unten. Aber irgendwie würden sie das schon schaffen. Bob lief ein paar Schritte neben der Gondel her, hielt sich mit einer Hand an der Seitenwand fest und bereitete sich auf den Einstieg vor. Justus war ihm dicht auf den Fersen.

Und die beiden Vampire ebenfalls. Sie hasteten neben den Gleisen hinter der Gondel her.
Bob nahm Schwung und sprang auf den Haltebügel. Sich darunterzuzwängen, war nicht machbar. Aber man konnte trotzdem irgendwie mitfahren, weil es genügend Möglichkeiten gab, sich festzuhalten.
»Jetzt du, Just! Beeil dich!«
»Ja, ich versuch's ja!« Der Erste Detektiv nahm Tempo auf und hielt sich dann ebenfalls an der Seitenwand fest. Aus dem Augenwinkel erkannte er, dass die Vampire aufholten. War die Gondel wirklich die schnellere Alternative?
»Spring schon!«
»Ja. Ja doch!« Schneller als er in jedem Fall. Justus drückte sich ab und sprang auf die Gondel. Aber nicht weit genug. Nur mit dem Oberkörper lag er auf dem Bügel, die Beine hingen in der Luft, mit der einen Hand krallte er sich in einen Zacken des Fledermausflügels, mit der anderen an eine der Verstrebungen des Haltebügels.
»Zieh dich hoch!«, rief Bob. »Höher!«
Hinter ihnen schrie einer der Vampire auf. Justus drehte den Kopf und konnte erkennen, dass einer ihrer Verfolger hingefallen war und sich vor Schmerz am Boden krümmte. Der andere war stehen geblieben und sah ihnen hinterher. Dann fuhr die Gondel um die nächste Kurve.
»Just, rein hier! Gib mir deine Hand!«
»Wo … wo ist die? Ich kann mich nicht halten. Ich rutsche gleich runter!«
»Ich zieh dich rein! Halt durch! Vorsicht, da steht eine Rüstung! Deine Beine! Zieh sie ein! Schnell!«

»Bob, ich – aua!«
Justus' Beine prallten gegen eine Ritterrüstung, die in der Durchfahrt zur nächsten Themenhöhle stand. Mit lautem Scheppern stürzte sie zu Boden. Und Justus mit ihr. Er hatte sich nicht mehr halten können.
»Justus!« Bob beugte sich aus der Gondel.
»Fahr weiter!«, rief der Erste Detektiv und hielt sich das Knie. Der Aufprall war äußerst schmerzhaft gewesen. »Sieh dir die Kerle an! Du musst sie identifizieren!«
Bob hob noch die Hand. »Ja. Ist gut.« Dann ruckelte die Gondel um die nächste Biegung.
Justus robbte hinter eine Felsbrocken-Attrappe. Die nächste Gondel nahte und die Vampire nahmen vielleicht auch wieder die Verfolgung auf. Der Erste Detektiv betastete sein Knie. Es blutete und tat weh, aber er konnte weiterlaufen.
Justus ließ ein paar Minuten verstreichen. Gondel um Gondel fuhr an ihm vorbei, einige davon wieder leer. Um diese Zeit war auf dem County Fair noch nicht so viel los. Die Vampire tauchten nicht mehr auf. Offenbar hatte sich der eine doch schwerer verletzt bei seinem Sturz.
Dann machte sich der Erste Detektiv wieder auf den Weg. Aber er musste vorsichtig sein. Die beiden Vampire hatten sicher Litti informiert, dass sich zwei blinde Passagiere in der Geisterbahn herumtrieben. Und der würde daraufhin bestimmt noch mehr Personal mobilisieren, um ihn und Bob zu finden. Vielleicht dachte er sogar weiter und ahnte, dass die beiden nicht zufällig durch die *Fahrt in die Hölle* stolperten. Dann nahm er mit Sicherheit selbst an der Suche teil, und Justus konnte sich bei Weitem Angenehmeres vor-

stellen, als hier drinnen einem wutschnaubenden Juwelendieb in die Arme zu laufen.
Zunächst ging alles gut. Justus arbeitete sich durch die Geisterbahn, hielt sich dabei immer dicht an der Wand, versteckte sich vor jeder vorbeifahrenden Gondel, wich den Kameraaugen aus und hielt nach etwaigen Verfolgern Ausschau. Und natürlich nach den beiden Gaunern. Die waren ihm zwar sicher ein gutes Stück voraus. Aber was hatte der eine dem anderen zugerufen? Er solle schon einmal alles vorbereiten? Was vorbereiten? Und warum hier in der Geisterbahn?
Folterkammer, Abfahrt, Kettensägenzombie, Vampir mit Opfer, Hexenküche, fliegender Knochengeier. Der Erste Detektiv kam gut voran. Doch von irgendwelchen Vorbereitungen war weit und breit nichts zu sehen. Alles war wie beim letzten Mal.
Bis Justus Bob entdeckte. Er hatte gerade die Werwolf-Höhle verlassen und den dunklen U-Knick betreten, als er dem dritten Detektiv beinahe in die Arme lief. Bob kam ihm entgegen. Aber nicht allein. Justus zuckte sofort zurück und drückte sich in eine Wandnische. War er entdeckt worden? Nein, offenbar nicht.
Bob war in der Gewalt eines Mannes, der ihn vor sich herschubste. Justus hatte nicht viel erkennen können, dazu war es hier zu finster. Hatte Bob einen Knebel im Mund gehabt? Seine Arme waren nach hinten gedreht gewesen, das zumindest hatte der Erste Detektiv bemerkt.
»Warte hier! Und keinen Mucks!«
War das eine der Stimmen, die Justus vor dem Wohnwagenfenster gehört hatte? Eher nicht. Aber er *hatte* sie schon ein-

mal gehört. Natürlich, der schlaksige Einsteige-Vampir! Der ihn und Peter aufgefordert hatte, die Hälse frei zu machen! Eine Gondel fuhr an ihm vorbei. Sie war leer. Danach ertönte ein Rumpeln und kurz darauf ein leises Quietschen wie von einer Tür, die geöffnet wurde.

»Da rein! Vorwärts!«

Justus lugte vorsichtig um die Ecke. Und staunte! Ein weiterer Raum! Bob wurde in eine geheime Kammer der Geisterbahn gestoßen. Am Boden lagen lange Stangen und an der Wand hing irgendein Gemälde. Ein rundes Gemälde. Aber der Erste Detektiv konnte kaum etwas erkennen, es war einfach zu dunkel.

Eine weitere Gondel passierte ihn, er hörte, wie sich die Tür schloss. Justus schlich sich nach vorne. Die seltsame Weiche! Und die Gleise führten jetzt von ihr zu einer Tür. In die Wand war eine Tür eingelassen! Der Erste Detektiv legte sich hinter eine hohe Kabelverkleidung, die ihm Sichtschutz vor den Gondeln bot, und versuchte, durch den Türspalt zu spähen. In dem Raum wurde Licht angemacht, eine spärliche Beleuchtung, deren magerer Schein kaum nach draußen sickerte. Der Mann und Bob waren nicht zu sehen. Nur Teile des Gemäldes. Ein modernes, abstraktes Gemälde. Rote und schwarze Konturen, vielleicht Kreise.

»So. Bin gespannt, was der Chef mit dir vorhat«, hörte Justus den Einsteige-Vampir sagen. »Aber ehrlich gesagt möchte ich nicht mit dir tauschen. Ihr wart einfach zu neugierig, und das tut selten gut.«

Bob gab undefinierbare Laute von sich. Offenbar war er wirklich geknebelt. Eine Gondel ratterte vorüber.

»Da hat es dein Kumpel noch vergleichsweise gut erwischt, weil bei ihm das Ding hier gewirkt hat.« Justus sah den Mann an dem Spalt vorbeigehen. »Aber du machst irgendwie nicht den Eindruck, als könnte dich Kiera damit beeindrucken. Na, warten wir's ab. Ich kann mich ja auch täuschen, dann hättest du noch mal Glück gehabt. Aber wie gesagt, ich glaub's nicht.«

Ding? Welches Ding? Justus überlegte. Was hatte bei Peter gewirkt und würde Bob kaum beeindrucken? Und wer war Kiera?

»Vielleicht klappt das ja auch mit irgendwelchen Mitteln, die man dir vorher verabreicht? Hab ich mal im Fernsehen gesehen. Aber da muss ich wirklich sicher sein, dass du mich nicht mehr erkennst, wenn du aufwachst.«

Mittel? Aufwachen? Justus' Nackenhaare stellten sich auf. Was, zum Teufel, hatten die mit Bob vor? Und was konnte er tun? Er konnte doch jetzt nicht weg und Hilfe holen! Bis dahin hätten die mit Bob längst angestellt, was immer sie …

»Da bist du ja!«

Justus fuhr herum.

Justus, der Witzbold?

Der Erste Detektiv reagierte eher instinktiv als überlegt. Von irgendwoher zuckte die Eingebung durch sein Gehirn, dass er jetzt nicht einfach davonlaufen durfte. Dass sich ihnen hier eine Chance bot. Also kam er blitzschnell hoch, riss die Tür zur Kammer auf, schrie: »Bob! Lauf weg! Schnell!«, und nahm dann selbst die Beine in die Hand.

Bob erschrak genauso wie sein Bewacher, zögerte jedoch keine Sekunde. Mit einem gezielten Tritt kickte er dem Mann die Pistole aus der Hand und stürzte hinaus. Der Einsteige-Vampir stöhnte auf vor Schmerz, war aber viel zu überrascht, um etwas unternehmen zu können.

»Hey! Verdammt!«, hörte Bob jemanden rufen, als er an der Tür vorbeiflog. »Leute, die beiden sind hier! Hierher!«

Aber der dritte Detektiv kümmerte sich ebenso wenig um die Verfolger wie Justus. Jetzt hieß es einfach nur rennen. Bob sah seinen Freund wenige Meter vor sich, wie er durch ein Gewitter aus Schwarz- und Neonlichtblitzen lief. Verfolgung? Trennen!, schoss es ihm durch den Kopf. Erste Regel, wenn man verfolgt wird: sich in verschiedene Richtungen bewegen! Damit nicht beide erwischt werden! Aber wohin? Es gab doch nur diesen einen Tunnel! Die Geisterbahn war eine Einbahnstraße, kein anderer Weg … rotes Licht! In einer Nische links von ihm! Das Licht kam von oben. Das war keine Nische! Das war ein Aufgang! Eine Abkürzung in den oberen Teil der Geisterbahn.

Der dritte Detektiv überlegte nicht lange und schlug einen

Haken nach links, zwängte sich in die mit schwarzen Vorhängen verkleidete Nische, die tatsächlich ein schmaler Aufgang war, hastete weiter, hinauf, dem roten Licht entgegen – und stand plötzlich in der Folterkammer!
Ein kurzer Blick über die Schulter verriet ihm, dass ihm einer der Männer dicht auf den Fersen war. Und von rechts kamen Stimmen. Mehr Verfolger!
Er brauchte ein Versteck, irgendeines. Wegrennen machte keinen Sinn mehr, sie kamen von allen Seiten. Nur ein Versteck konnte ihn noch retten. Ein gutes Versteck, ein sehr gutes.
Bob sah sich hektisch um. Wo sollte er sich verkriechen? Die Folterhöhle war hell beleuchtet, es gab kaum Winkel oder Vorsprünge, hinter einer der Figuren würde man ihn sofort entdecken. Da! Das konnte klappen! Vielleicht. Der dritte Detektiv rannte los.

Justus achtete auf gar nichts mehr. Kameras, Gondeln, Figuren, die plötzlich lebendig werden konnten, die Meute hinter ihm – alles egal. Er musste so schnell wie möglich raus hier, das war alles, was zählte. Nahezu blindlings hetzte er vorwärts, zwischen den Gleisen, neben den Gleisen, auf den Gleisen. Gleise! Ein Bild erschien in seinem Kopf. In der Kammer hatten auch Gleise gelegen! Keine Stangen, Gleise! Der Abzweig von der Weiche führte bis in die Kammer hinein! Aber wozu? Egal, Just, du musst raus hier! Nicht denken, rennen! Aber wieso lagen da überhaupt Gleise? Wer fuhr da rein? Und wieso war die Kammer gestern nicht da gewesen? Renn, Just! Und das Gemälde war eine riesige, rot-schwarze Spiralscheibe gewesen. Eine Spirale? Wozu eine Spirale?

Plötzlich war da dieser Schatten. Riesengroß wuchs er vor Justus aus dem Dunkeln, legte ihm eine gewaltige Hand auf den Mund und schwang ihn zur Seite, als wäre er ein Sack Federn mit Beinen. Der Erste Detektiv flog durch die Luft, dachte für eine Sekunde an einen eleganten Paartanz, in dem er die Tanzpartnerin war, und landete dann wieder auf seinen eigenen Füßen.

»Schschtt! Keinen Mucks!«

Justus gefror das Blut in den Adern. Der Scharfrichter! Der Scharfrichter hatte ihn geschnappt! Nein, falsch! Hatte ihn hochgehoben, zur Seite und hinter einen Vorsprung gelupft, presste ihm die Hand auf den Mund und nickte ihm mit allem Nachdruck zu.

»Mit diesem Gesellen ist nicht zu spaßen! Jetzt Ruhe!«

Keine fünf Sekunden später hechelte der Einsteige-Vampir an ihrem Versteck vorbei. Und war kurz darauf wieder verschwunden.

Der Scharfrichter löste seine Hand. »Ronny hat schon mal einen hier drinnen erwischt. Und ihn danach ziemlich übel zugerichtet. Dem geht man besser aus dem Weg. Aber trotzdem hast du hier nichts verloren. Was tust du hier?«

Der Erste Detektiv hatte sich von seinem Schrecken noch nicht ganz erholt. »Aber ich dachte, Sie wären … also, Sie haben uns doch … bedroht. Mehrmals.«

»Ich? Euch bedroht?« Der Mann war ehrlich erstaunt. Justus stellte fest, dass er in Wirklichkeit offenbar nicht einäugig war. Das andere Auge war nur kunstvoll überschminkt.

»Ja, draußen auf dem Jahrmarkt. Wir sollen verschwinden, haben Sie gesagt. Und meinen Freunden sind Sie hinterhergelaufen, als sie vorgestern in der Geisterbahn gefahren sind. Sie wollten sie aus der Gondel zerren.«

Der Scharfrichter lachte leise. »Junge, das ist mein Job! Ich mache das dauernd! Irgendwelche Leute draußen erschrecken, damit sie sich umso mehr fürchten, wenn sie mich hier drinnen sehen. Und ja, manchmal laufe ich einer Gondel auch ein Stück hinterher.«

Justus nickte langsam. »Dann hat mich mein Eindruck doch nicht getrogen, dass Sie meinen Freund gestern nicht wiedererkannten, als Sie mich und Bob erneut aufforderten zu verschwinden.«

Der Mann zuckte die Schultern. »Das kommt schon mal vor, dass ich Leute zweimal anquatsche. Ich kann mir ja nicht jedes Gesicht merken. Aber jetzt lass uns gehen. Luther ist auch auf der Suche nach euch und ebenfalls nicht zimperlich, wenn es um blinde Passagiere geht.«

»Ich bin kein blinder Passagier«, widersprach Justus. »Wir sind Detektive und verfolgen …«

Grelle Lichter stachen dem Ersten Detektiv in die Augen. Taschenlampen. Zwei oder drei. Justus riss den Arm vors Gesicht.

»Ah, sieh mal einer an! George, spielst du Kindermädchen? Oder Fremdenführer? Was soll das hier?«

Justus erkannte Littis Stimme. Ein anderer Mann lachte. Der Einsteige-Vampir, Ronny. Der Erste Detektiv kniff die Augen zusammen und nahm den Arm runter. Neben Litti stand noch ein dritter Mann mit Taschenlampe.

»Ich hab mich doch klar ausgedrückt, dass du solche Nasen umgehend bei mir abliefern sollst!«, schnauzte Litti den

Scharfrichter an. »Bei mir abliefern und die Polizei verständigen. Was der Kerl hier tut, ist nichts anderes als Ladendiebstahl, und ich hab echt nichts zu verschenken! Pack deine Sachen, George, das war's! Nächstes Jahr such ich mir 'nen anderen Kundenschreck.«

»Luther, der Junge hat sich nur verlaufen. Und ich war gerade mit ihm auf dem Weg zu dir. Ehrlich.«

»Quatsch mich nicht voll! Ronny!« Litti nickte nach links. »Geh raus und ruf die Polizei! Und findet mir endlich auch den anderen Knilch!«

Justus trat einen Schritt nach vorne. »Die Polizei zu rufen ist eine hervorragende Idee. Da lassen sich dann gleich noch ein paar andere Ungereimtheiten klären.« Justus fiel auf, dass keine Gondeln mehr an ihnen vorbeifuhren. Offenbar hatte Litti den Betrieb angehalten.

»Wovon redest du?« Litti schüttelte unwirsch den Kopf.

»Chef, ich kann mich auch selbst um den Fettsack kümmern.« Ronny lachte blechern. »Die Bullen geben dem doch nur einen Klaps auf den Hintern und lassen ihn wieder gehen.«

»Und was hätten Sie stattdessen für einen Vorschlag?« Eine fremde Stimme aus dem Dunkeln. Nein, keine fremde Stimme. Das war Cotta! Im nächsten Augenblick trat der Inspektor zusammen mit zwei Kollegen aus dem Dunkel ins Licht der Taschenlampen und ließ seine Polizeimarke aufschnappen.

»Police Department Rocky Beach. Und?« Cotta sah Ronny herausfordernd an. »Wie würden Sie nun vorgehen?«

»Tja, wissen Sie, Officer …« Ronny gackerte dümmlich. »Das war doch nur so dahingesagt.«

Litti ergriff das Wort. »Aber das ändert nichts daran, dass wir hier einen Witzbold haben, der in meiner Geisterbahn auf eigene Faust hinter die Kulissen sehen wollte. Wo kommen Sie eigentlich so schnell her? Wer hat Sie gerufen?«

»Wenn Sie so wollen, der Witzbold hier.« Cotta deutete auf Justus. »Ihm und seinen Freunden ist nämlich aufgefallen, dass Ihr Geschäft auf merkwürdige Weise in eine Reihe von Einbrüchen verwickelt ist, die sich in den letzten zwei Wochen zugetragen haben. Ich habe dem zunächst wenig Beachtung geschenkt. Aber nachdem ich heute Vormittag erneut einiges überprüft habe, wollte ich doch einmal vorbeikommen, um mir selbst vor Ort ein Bild zu machen.«

»Einbrüche?« Litti schob seinen Kopf nach vorne.

»Einbrüche in insgesamt fünf Juwelier-, Schmuck- und Münzläden in Rocky Beach und Beverly Hills. Und jedes Mal fuhr der Täter wenige Stunden vor dem Einbruch mit Ihrer Geisterbahn.«

»Der von Mrs Shinefields Laden auch?«, fragte Justus.

Cotta nickte ihm zu.

»Hä?« Litti breitete die Arme aus. »Ich verstehe kein Wort. Deswegen kommen Sie hierher? Weil die Kerle mit meiner Geisterbahn gefahren sind?«

»Und weil sich diese Kerle danach alle in einem sehr merkwürdigen Zustand befanden«, schaltete sich Justus ein. »Ein Zustand, in dem sie kurz nach ihrer Tat alle bei der Polizei anriefen, um ihre Tat zu gestehen. Und weil Sie, Mr Litti, in Geldnöten sind, aber dennoch einen äußerst wertvollen Ring besitzen.« Der Erste Detektiv holte die Schatulle aus der Tasche und streckte sie Litti hin.

»Woher hast du das?«, fuhr Litti auf und schnellte nach vorne.
Cotta hielt ihn auf und Justus wich zurück. »Und weil Sie eine Verletzung an der linken Hand haben. Von Glassplittern? Haben Sie sich geschnitten?«
»Gib mir den Ring!«, rief Litti. »Inspektor, das ist Diebstahl!«
»Ja«, erwiderte Cotta, »ohne Zweifel. Fragt sich nur, wer ihn begangen hat.«
»Aber ich habe mit diesen Einbrüchen nichts zu tun! Das ist doch völliger Unsinn! Dem Typen da ist eine Sicherung durchgebrannt!« Er starrte Justus wütend an.
»Aber Sie wollten Bob entführen!«, konterte der Erste Detektiv. »Also, Ihr Komplize da!« Justus zeigte auf Ronny. »Er hat ihn in eine geheime Kammer geschleppt, wo man irgendetwas mit ihm anstellen wollte. Es war von Mitteln die Rede, die ihm verabreicht werden sollten.« Spirale, dachte Justus, wozu die Spirale? Und die Gleise?
»Du träumst, Dickerchen, du träumst!«, ätzte Ronny.
»Geheime Kammer? Mittel? Geht's dir noch gut?« Litti war wirklich fassungslos.
So fassungslos, dass Justus unsicher wurde. Der Erste Detektiv hatte im Laufe der Zeit ein feines Gespür dafür entwickelt, wann ein Verdächtiger log. Und dieses Gespür machte sich gerade nicht bemerkbar. Seltsamerweise kam ihm jetzt auch wieder Littis Telefonat in den Sinn.
»Wo ist Bob?«, fragte Cotta.
»Weiß ich nicht«, erwiderte Justus. »Ich habe ihm geholfen, aus der Kammer zu fliehen, aber danach habe ich ihn nicht mehr gesehen.«

»Findest du diese Kammer noch?«
»Aber natürlich. Kommen Sie mit!«
Justus führte die Gruppe zu der Kammer, deren Tür weit offen stand. Doch sie war leer. Vollkommen leer. Ein nahezu viereckiger, containerartiger Raum ohne Möbel und ohne Fenster. Und ohne Gleise und ohne Spiralscheibe. Der Erste Detektiv war wie vor den Kopf gestoßen.
Litti sah sich verwundert um. »Das ist ja 'n Ding! Hier drin war ich noch nie.«
»Da waren Gleise am Boden!«, versicherte Justus. »Und ein Bild, eine Spirale an der Wand!«
»Mir reicht das jetzt!«, verkündete Litti. »Dir hat doch jemand das Hirn verdreht! Wie lange soll ich mir den Blödsinn noch anhören, Inspektor? Dieser Affenzirkus kostet mich Zeit und Geld!«
»Wo ist Bob?«, stieß Justus hervor. Er konnte das alles nicht begreifen. Was war hier los?
Litti lachte gehässig. »Gibt es denn überhaupt einen Bob, du Witzbold?«
Die anderen Polizisten stießen wieder zu ihnen. Sie hatten sich inzwischen ein wenig in der Geisterbahn umgesehen.
»Irgendetwas entdeckt?«, fragte sie Cotta.
»Nein«, meinte der eine. »Nur dass sich wohl ein Vogel hier hereinverirrt hat, der ab und zu mal pfeift.«
»Ein … Vogel?«, fragte Justus wie in Zeitlupe.

Aber Logo!

»Wo? Wo haben Sie dieses Pfeifen gehört?«
Der Polizist deutete nach rechts oben. »Eine Etage höher, in so einer großen Höhle mit allerlei Folterkrimskrams.«
»Die Folterkammer.« Justus setzte sich in Bewegung. »Ich glaube, ich weiß, was dieses Pfeifen zu bedeuten hat.«
Litti und Ronny protestierten zwar lautstark, aber Cotta ließ sich nicht beeindrucken und forderte sie auf mitzukommen. Er kannte Justus gut genug, um zu wissen, dass der Erste Detektiv nichts ohne Grund tat.
In der Folterkammer spitzte Justus die Lippen und ließ den Ruf des Rotbauchfliegenschnäppers ertönen. Sofort antwortete ihm ein fast identisches Pfeifen. Ganz leise zwar, aber deutlich.
»Da!« Der Erste Detektiv zeigte nach rechts. »Es kommt von dort! Bob?«, rief Justus laut.
»Hier, Just!« Die Stimme des dritten Detektivs klang dumpf und war kaum zu hören. »In der Eisernen Jungfrau!«
Der Erste Detektiv sah sich um und lief los. Die anderen folgten ihm auf dem Fuß. Kurz darauf blieben alle vor dem Furcht einflößenden Folterinstrument stehen.
»Bob!« Justus klopfte an den hölzernen Sarg. »Wir holen dich raus!«
»Nichts lieber als das!«, kam es dumpf aus dem Kasten.
Cotta sah Litti an. »Machen Sie das bitte auf!«
»Ich hab keinen Schlüssel dafür. Ich wusste nicht mal, dass das Ding ein Schloss hat!«

»Scheint, als ob Sie sich in Ihrer eigenen Geisterbahn nicht allzu gut auskennen würden.«
»Inspektor, vielleicht geht es damit.« Einer der Officers reichte Cotta sein Taschenmesser.
Cotta führte die Klinge in den schmalen Spalt zwischen Kasten und Deckel ein und tastete nach dem Schließmechanismus. Nach wenigen Augenblicken ertönte ein Klickgeräusch, der Deckel schwang auf – und Bob kam zum Vorschein!
»Gott sei Dank! Lange hätte ich es dadrin nicht mehr ausgehalten!«, ächzte der dritte Detektiv und grinste schief. Eingeklemmt zwischen den überdimensionalen Nägeln, die aus der Rückwand hervorstanden, kauerte er in einer absurd verrenkten und verdrehten Haltung in dem Folterinstrument.
»Hilft mir mal bitte einer?!«
Justus eilte zu ihm. »Bob! Geht's dir gut?«
»Bisschen Platzangst, aber sonst alles im Lot.« Bob reichte Justus eine Hand und setzte den linken Fuß vorsichtig nach draußen. Plötzlich gab ein Karton, auf dem er gestanden hatte, nach und der dritte Detektiv knickte ein.
»Vorsicht!« Cotta kam zu Hilfe.
Bob brach vollends in den Karton ein, sank Justus und Cotta in die Arme, der Karton riss, kippte um – und entleerte seinen Inhalt vor die Eiserne Jungfrau.
»Heiliger Strohsack!«, stieß Litti hervor und schnappte nach Luft.
»Ich werd verrückt!«, entfuhr es Bob.
Ringe, Ketten, Armreife, Ohrringe, Colliers, Anhänger, Perlen, Münzen – eine wahre Flut von Kostbarkeiten ergoss sich auf den steinigen Boden.

Cotta bückte sich und hob einen wunderschönen Siegelring auf. »Können Sie mir das erklären, Mr Litti?«
»Inspektor, hören Sie!« Litti wirkte völlig schockiert. »Ich habe wirklich keine Ahnung, wie das Zeug hier reingekommen ist! Bitte, Sie müssen mir glauben! Das gehört mir nicht!«
»Ich befürchte, das müssen wir auf dem Präsidium klären. Bitte informieren Sie auch Ihr Personal. Jeder muss mitkommen. Jetzt sofort!«
»Oh nein!« Justus stöhnte. »Ronny! Er ist weg.«
Cotta sah sich hektisch um. »Verdammt! Und dieser Henker auch! Ruft Verstärkung! Und Sie, Mr Litti, machen jetzt sofort Ihren Laden dicht und trommeln Ihre Leute zusammen!«
»Aber ich …«
»Auf der Stelle!«
»Einen Moment, bitte.« Justus knetete seine Unterlippe. Er hatte die ganze Zeit auf den Siegelring geschaut. Auf das Logo, das in das Siegel eingraviert war. Ein Sichelbeil. Und Littis Formulierung ging ihm nicht mehr aus dem Kopf. Dass ihm jemand das Hirn verdreht hätte. »Mr Litti, Sie behaupten nach wie vor, nichts mit den Einbrüchen zu tun zu haben, ist das richtig?«
»Ja, zur Hölle! Wie oft soll ich das denn noch sagen?«
»Und gehe ich recht in der Annahme, dass Ihnen dieses Fahrgeschäft gar nicht gehört? Also, dass nicht Sie der Besitzer sind?«
»Was? Ja. Nein, gehört mir nicht. Ich bin der Pächter. Aber was soll das jetzt?«
»Justus, wir müssen wirklich …«

»Gleich«, unterbrach Justus den Inspektor. »Und diese Kammer, Mr Litti. Wo, würden Sie sagen, befindet sie sich, wenn Sie sich Lage und Ausmaß der Geisterbahn vor Augen führen? An der Rückseite, nicht wahr?«
»Junge, nerv nicht! Was willst du?«
»Beziehungsweise, um genau zu sein, an die Rückseite grenzend, oder?«
»Zum Teufel, wen interessiert das? Ich hab im Augenblick echt andere Sorgen!«
»Worauf willst du hinaus, Justus?«, fragte Cotta. »Wir dürfen keine Zeit mehr verlieren, sonst türmt auch noch der Rest der Crew und wir gucken in den Mond.«
Der Erste Detektiv schüttelte den Kopf. »So eilig haben wir es vermutlich gar nicht. Hat jemand ein internetfähiges Handy bei sich? Ich müsste mal kurz etwas überprüfen.«
Einer der Polizisten hatte eines und gab es Justus. Der Erste Detektiv tippte etwas ein, wartete auf das Ergebnis der Suchmaschine, tippte wieder. Cotta und Litti standen stirnrunzelnd daneben.
Bob sah seinem Freund über die Schulter und entdeckte auf dem Display eine nicht mehr ganz junge Frau mit hellblonden Haaren. »Kiera McPherson? Astralreisen, Wiedergeburt und Hypnose? Wer soll das sein?«
Justus lächelte verschmitzt. »Du kennst die Dame, Bob, sieh genau hin. Und ihren Mädchennamen kennst du auch.«
Bob ging näher ran. »Nein, ich glaube … obwohl … das könnte … könnte … nein! Das ist nicht wahr! Ist das die, die ich glaube, dass sie es ist?«
»Ist sie«, bestätigte Justus.

Der dritte Detektiv sah seinen Freund mit großen Augen an. »Und die Spirale … und dann … mein Gott, ist das fies!«
»Da kann ich dir nur zustimmen«, sagte Justus. Und zu Cotta gewandt: »Mond war übrigens ein gutes Stichwort, Inspektor. Und jetzt folgen Sie mir bitte alle!«
Der Erste Detektiv lief los, die anderen hinterher. Bob beeilte sich, um neben seinen Freund zu kommen.
»Was weißt du noch, Just?«
»Hast du das Logo auf dem Ring gesehen?«
»Ja, klar, das Sichelbeil. Das gleiche Logo wie auf der Schatulle.« Bob runzelte die Stirn. »Und auf den Chips.«
»Nicht Sichelbeil«, erwiderte Justus. »Sondern ein Längsstrich mit einem Halbmond.«
»Halbmond?«
»Oder, um noch präziser zu sein, der Längsstrich eines Ks kombiniert mit dem Halbmond eines Cs.«
»Ich verstehe kein Wort, Just. Ein K und ein C?«
»Genau!« Justus deutete nach vorne. »Wir sind da!«
Der Erste Detektiv hatte die Gruppe zurück zu der geheimen Kammer geführt.
»Hier waren wir gerade! Da ist nichts!«, maulte Litti.
Justus blieb stehen. »Ich denke schon, dass hier etwas ist. Bitte seien Sie alle so leise wie möglich.«
»Die Gleise sind weg!«, erkannte Bob. »Und die Spiralscheibe auch!«
»Jetzt fängt der auch noch an!« Litti verdrehte die Augen. »Was habt ihr beiden geraucht, hä?«
Justus deutete auf ihn. »So falsch liegen Sie damit vermutlich gar nicht, Mr Litti.«

»Was brabbelst du da?«
»Justus! Die Zeit drängt!«, sagte Cotta.
»Ja, natürlich. Könnte ich mir die bitte mal leihen?« Er zeigte auf die Taschenlampe in Littis Hand.
»Nimm! Aber mach!«, schnauzte Litti und gab ihm die Lampe.
»Danke!« Der Erste Detektiv begab sich in die leere Kammer, lief dort zur hintersten Wand und leuchtete sie ab. Nach kurzer Zeit hatte er gefunden, wonach er gesucht hatte. Er winkte die anderen zu sich. »Und leise bitte!«
Als alle drinnen waren, legte Justus seine Hand auf einen kleinen Riegel, der genauso schwarz wie die ganze Rückwand und nur bei sehr genauem Hinsehen zu entdecken war. Dann zog er den Riegel zurück und öffnete eine unscheinbare Türklappe. Helles Tageslicht und ein Geruch nach Räucherstäbchen strömte herein. Justus trat forsch in den Raum hinter der Tür.
Ronny, der Einsteige-Vampir, ein großer, hellblonder Mann und die Wahrsagerin standen mit dem Rücken zu den Eintretenden und waren gerade dabei, eine riesige rot-schwarze Spiralscheibe unter dem Klappbett des Trailers zu verstauen. Alle drei fuhren herum.
»Was zum Teufel?«, fluchte der blonde Mann.
»Oh Gott! Kyle!«, entfuhr es Madame Au-Delà.
Justus trat zur Seite und ließ die anderen hinzutreten. »Das trifft sich ja hervorragend! Sie sind alle noch hier! Bestens! Mr Kyle Caldwell, Mrs Kiera McPherson, geborene Caldwell, und Ronny! Guten Tag zusammen!«
»Caldwell!«, platzte Bob heraus.

»K und C«, war alles, was Justus erwiderte.
»Was wollen …« Caldwell funkelte die ungebetenen Besucher wütend an. Dann überlegte er es sich anders, packte die Wahrsagerin am Arm und stürzte zu dem lila Vorhang, der diesen Teil des Trailers von dem davorliegenden abtrennte. Ronny tat es ihm gleich und suchte ebenfalls sein Heil in der Flucht.
»Inspektor!«, rief Justus. »Halten Sie die drei auf! Das sind die Juwelendiebe!«
Die Bande kam nicht weit. Sie schaffte es zwar noch bis zum Ausgang des Trailers. Doch als Caldwell die Tür aufriss, lief er mit voller Wucht in den Scharfrichter. Ronny prallte auf Caldwell, suchte rudernd das Gleichgewicht und schlug dabei Madame Au-Delà die Brille von der Nase, woraufhin die Wahrsagerin anfing zu kreischen. Im nächsten Augenblick waren die Polizisten zur Stelle und nahmen ihren kriminellen Fang in Gewahrsam.
George, der Scharfrichter, rappelte sich auf, sammelte sein Handy ein, das ihm heruntergefallen war, und hielt sich den Kopf. »Hallo, Inspektor! Dann kann ich mir den Anruf ja jetzt sparen«, brachte er gequält hervor. »Und Luther! Bevor du es dir doch noch einmal anders überlegst: Ich kündige! Für den Mist hier bin ich allmählich wirklich zu alt.«

Ein angekündigter Mord

Peter, Matthew und die anderen Verdächtigen wurden noch am selben Tag freigelassen. Nachdem man den Rest des Diebesgutes in einem Schrank des Trailers gefunden hatte, gab es keinen hinreichenden Grund mehr, die ursprünglichen Verdächtigen länger in Gewahrsam zu halten.
Justus und Bob holten Peter zusammen mit dessen Eltern am frühen Nachmittag vom Police Department ab, wo sie auch kurz Matthew und seiner Familie begegneten. Doch es blieb keine Zeit, um ausführlich über die zurückliegenden Ereignisse zu sprechen. Und am nächsten Morgen fuhren die Crouchs erst einmal in Urlaub, damit sich Matthew von den Strapazen der vergangenen Tage erholen konnte. Die Einzelheiten des vertrackten Falles erfuhr Matthew daher erst, als er die drei ??? eine Woche später zu sich nach Hause einlud. Bei Kakao und Kirschkuchen, den Tante Mathilda gebacken und Justus mitgegeben hatte, berichteten die drei Detektive, wie die Caldwell-Bande die Raubzüge geplant und durchgeführt hatte.
»Wir haben die ganze Zeit das Sichelbeil falsch interpretiert.« Justus tat sich noch ein zweites Stück Kuchen auf. »Es war eben kein Sichelbeil, sondern ein kombiniertes K und C. Das Logo, das sich Ken Caldwell für seine Geisterbahn ausgedacht hatte und das sein Sohn Kyle für seinen Juwelierladen übernommen hat.«
»Aber die Geisterbahn wollte er nach dem Tod seines Vaters nicht übernehmen«, fuhr Bob fort, »sondern verpachtete sie.

An Litti. Doch vorher rüstete Caldwell die Geisterbahn so um, dass er, seine Schwester Kiera und Ronny ihre Dinger drehen konnten. Der hintere Teil von Kieras Mega-Trailer bildete die geheime Kammer, aus der Schienen bis zur Weiche gelegt werden konnten. Eine zusätzliche Tür in die Rückwand der Geisterbahn und fertig war die Hypnose-Höhle.«

»Die Idee dazu war laut Kiera erst kurz vor der Verpachtung entstanden«, sagte Justus. »Kyle hatte Schulden, die ihm sein Vater vererbt hatte, Kiera hielt sich auch nur mit Mühe über Wasser, und die Geisterbahn-Hypnose-Masche erschien beiden perfekt. Sie hatten sogar schon Pläne für die nächsten Orte, an denen die *Fahrt in die Hölle* gastieren sollte. Ronny, der mehrfach vorbestraft ist, kannte Kyle schon seit Teenagerzeiten. Er schleuste ihn bei Litti ein, weil er jemanden vor Ort brauchte.«

Matthew wischte sich ein wenig Sahne von der Lippe. »Und welche Rolle spielte jetzt noch mal die Brille?«

»Kieras Brille.« Justus nickte. »Als mir klar wurde, dass die geheime Kammer Teil von Madame Au-Delàs Trailer sein musste und ich Caldwells Schmuck unter dem Raubgut sah, realisierte ich, dass die echten Haare der Wahrsagerin ebenso fein und blond waren wie die von Kyle Caldwell. Mir fiel auch ein, dass Daphne Carlisle aus ihrem Zelt hatte kommen sehen, und mich und Bob hat sie ja auch so merkwürdig angesprochen. Und dann erinnerte ich mich an ihre Brille. Ein Halbmondgestell. Ein langer K-Strich mit C-Fassung? Ein Design aus dem Hause Caldwell? Oder gab es da eine nähere Verbindung? Eine kurze Recherche nach einer Kiera Caldwell im Internet lieferte die letzte Bestätigung. Zum

Glück war sie da noch unter ihrem Mädchennamen zu finden.«
»Verstehe!«, sagte Matthew. »Damit erklärte sich die Spiralscheibe und dass wir alle so merkwürdig drauf waren, weil man uns hypnotisiert hatte. Und dir war klar, dass die Caldwells hinter der Sache stecken!«
»Da ahnte ich es«, bestätigte der Erste Detektiv. »Kyle musste der Besitzer der Geisterbahn sein und verwendete offenbar sein Logo für beide Geschäfte, den Juwelierladen und die *Fahrt in die Hölle*. Er war derjenige, den Litti am Telefon gefragt hatte, wer das denn bezahlen solle, und der gesagt hatte, dass er, also Caldwell, dann eben selbst durch die Lande tingeln müsse. Von Ken Caldwell und seinem Spleen, den eigenen Kindern auch Vornamen mit dem Anfangsbuchstaben K zu geben, haben wir erst im Nachhinein erfahren.«
»Unglaublich!« Matthew gönnte sich einen großen Schluck Kakao.
Mrs Crouch nippte an ihrem Kaffee. »Diese Kiera! So ein durchtriebenes Weibsstück ist mir noch nie untergekommen! Sie wusste ganz genau, nach welchen Jungen sie für ihre bösen Zwecke Ausschau halten musste.«
Peter machte ein betroffenes Gesicht. »Schüchterne, leicht zu beeinflussende junge Männer. Oder eben so Hasenfüße wie mich, die den Kopf verlieren, wenn ihnen Plastikgeister um die Nase schwirren.«
»Nein!«, widersprach Mrs Crouch heftig. »Matthew und du, ihr seid nicht leicht zu beeinflussen und schüchtern. Ihr seid eben sensibel. Feinfühlig!«
Peter lächelte seinen Freunden zu. »Da hört ihr's! Merkt

euch das! Sensibel!« Aber er hatte immer noch an der Sache zu knabbern, das war ihm deutlich anzumerken.

»Du kamst ja auch nur auf ihre Liste, weil die Caldwells gemerkt haben, dass wir ihnen hinterherspionierten, und sie dich und damit uns aus dem Verkehr ziehen wollten«, beruhigte Bob seinen Freund.

Justus spürte wieder dieses unangenehme Kribbeln im Nacken. Warum Kiera Caldwell so viel über ihn gewusst hatte, war ihm immer noch ein Rätsel. Gab es tatsächlich Menschen, die so leicht in ihm lesen konnten?

»Und in Hypnose hat sie uns dann mit Hilfe einer Attrappe von diesem grauenhaften Nosferatu – wie heißt das?« Matthew sah Justus an.

»Getriggert.«

»Genau. Hat uns das Geständnis eingebläut und uns befohlen, alleine zu sein, damit wir kein Alibi für den Einbruch hätten. Unsere Handynummer hat sie uns bei der Gelegenheit auch entlockt. Später kam dann die SMS.«

»Nach dem Einbruch, ja«, sagte Justus. »Die Bande machte ihre Raubzüge davon abhängig, ob Kiera geeignete Kandidaten fand. Und während die alleine unterwegs waren, zeitlich je nach Bedarf, wurden die Läden ausgeraubt.«

»Deswegen war Peter so nervös, als wir ihn nach Hause brachten«, erkannte Bob. »Sein Befehl lautete ja, alleine durch die Gegend zu laufen.«

»Und er musste zu seinem eigenen Handy«, ergänzte Justus. »Darauf empfing er die SMS – oder besser die MMS. Ein Bild von Nosferatu. Das war der Trigger, der die Opfer zwang, die Polizei anzurufen und ein Geständnis abzulegen.«

Kiera Caldwell, geschiedene McPherson, hatte in der Hoffnung auf ein milderes Urteil inzwischen alle Details preisgegeben. Wie sie die Kandidaten auswählte, wie die Hypnose vonstattenging, wie sie sicherstellte, dass sie auch erfolgreich sein würde – sie packte alles aus.

»Wir müssen unbedingt an unserer mentalen Widerstandkraft arbeiten, Kollegen«, sagte Justus ernst. »Erst ich in Ruxton, jetzt Peter. Die Gefahr psychischer Manipulation muss uns in Zukunft bewusster sein, um ihr dann angemessen begegnen zu können.«

Peter und Bob nickten schweigend.

»Und wer hat die Einbrüche jetzt tatsächlich begangen?«, fragte Mrs Crouch. »Caldwell oder dieser Ronny?«

»Beide«, antwortete Bob. »Mal war es Caldwell, mal Ronny, der vermutlich den Chip bei Mrs Shinefield verloren hat. Die uns mit ihrer übertriebenen Art zunächst auf eine völlig falsche Fährte gelockt hat, sodass wir vor allem George verdächtigten.«

»Gut, dass der genau zum richtigen Zeitpunkt am richtigen Ort war«, sagte Matthew und seufzte erleichtert.

Der Scharfrichter war Ronny gefolgt, als sich dieser bei der Suche nach Bob in der Folterkammer heimlich davongestohlen hatte. Der Einsteige-Vampir war ihm schon immer sehr zwielichtig vorgekommen und hatte seinen Verdacht erregt. Sein Weg hatte George bis zu Kieras Wahrsagezelt geführt, und als er erkannte, dass Ronny durch das Zelt hindurchlief und den Trailer betrat, hatte er sich an dessen Tür gestellt und gelauscht.

»George war der lebende Prellbock.« Justus schmunzelte.

»Aber die drei hätten auch so kaum eine Chance gehabt. Cotta hätte sicher sofort das ganze Department alarmiert.«

»Noch einmal zu diesem Caldwell.« Mrs Crouch legte ihre Gabel auf den Teller. »Wieso hat der eigentlich seinen eigenen Laden ausgeraubt?«

»Um von sich abzulenken und die Versicherung zu schröpfen«, erwiderte Peter. »Doch in erster Linie ging es um das Diebesgut der anderen Läden, die Caldwell dann als Goldschmied zu seinen eigenen Produkten umarbeiten und verkaufen konnte. Damit umging er auch das Problem mit den Hehlern. Die Teile wären nie wieder aufgetaucht.«

»Wahnsinn!« Matthew schüttelte den Kopf. »Der Plan war fast perfekt. Und ohne euch … ich will gar nicht daran denken, was dann jetzt wäre.«

»Bob ist der Held!«, sagte Justus. »Ohne ihn hätten wir den Karton nicht entdeckt, in dem ein großer Teil der Beute versteckt war.«

»Na, na!«, wehrte der dritte Detektiv ab. »Jetzt aber mal nicht so bescheiden, Erster! Der Löwenanteil der Ehre gebührt ganz klar dir. Du hast die Zusammenhänge verstanden. Ich bin nur zufällig auf diese Kiste getreten.«

»Den Ring hatte Litti bei Caldwell ganz normal gekauft, oder?«, fragte Peter. Auch er kannte noch nicht jedes Detail.

Justus nickte. »Ja, es ist der Verlobungsring für Loreen.«

»Die Kaugummi-Tante?«

»Genau die.«

Peter grinste. »Wo die Liebe eben so hinfällt.«

Mrs Crouch nahm die Kuchenschaufel zur Hand. »Möchte noch jemand? Der Kuchen ist wirklich einmalig, richte das bitte deiner Tante aus, Justus. Und ein Stück würde ich gerne für Mia aufheben, wenn sie von ihrer Freundin zurückkommt. Sonst ist sie mir böse, wenn sie erfährt, dass wir Kuchen hatten und sie nicht.«

»Ich nehme noch eins, Mum«, sagte Matthew.

Die drei Detektive lehnten dankend ab. Wobei es sich Justus dann doch noch einmal überlegte und um ein weiteres ›klitzekleines Stück‹ bat.

»Und wie geht es euch jetzt? Bob? Peter?« Mrs Crouch sah die beiden Jungen fragend an.

»Alles in Ordnung«, meinte Bob. »Bis auf eine leichte Klaustrophobie. Die Minuten in dieser Folterkiste hatten es wirklich in sich, zumal ich ja nicht wusste, wer auf mein Pfeifen reagieren würde. Aber ich habe dieses Schloss einfach nicht mehr aufbekommen und musste mich irgendwie bemerkbar machen, wenn ich nicht ersticken wollte. Diese Erfahrung hat aber auch ihr Gutes.« Er zwinkerte Justus zu. »Ich kann jetzt viel besser nachfühlen, warum du in Aufzügen immer solche Panik bekommst.«

Alle lachten und sogar Justus konnte sich ein Grinsen nicht verkneifen.

»Und du, Peter? Bist du auch in psychologischer Behandlung wie Matti?«

Der Zweite Detektiv nickte. »Ja«, brachte er mühsam hervor, »schon. Aber mir geht's eigentlich prima. Diese Psycho-Tante meint auch, dass von der Hypnose nichts zurückbleibt und da oben alles wieder in Ordnung kommt.« Er tippte sich an die Schläfe, verdrehte die Augen und ließ die Zunge heraushängen.

Wieder lachten alle. Nur Justus diesmal nicht. Der Erste Detektiv setzte ein ernstes Gesicht auf. »Wobei man damit nicht spaßen sollte. Posthypnotische Suggestionen können bei den Hypnotisanden noch lange Zeit nachwirken und im Gehirn zu einer veränderten Informationsverarbeitung führen.« Justus machte eine kleine Pause. »Vor allem wenn in dem betreffenden Gehirn noch genügend Platz für Informationen ist.« Matthew und Bob brachen in lautes Gelächter aus und auch Mrs Crouch kicherte. Aber mit Peter ging eine seltsame Veränderung vor sich. Er wurde stocksteif, riss die Augen auf und fing an zu zittern. Dann wanderte seine Hand zum Tisch, auf dem das Firmenhandy der drei ??? lag.

»Peter? Alles klar?« Bob lächelte unsicher.

Justus fasste Peter am Arm. »Das war ein Scherz, Zweiter.« Mit versteinerter Miene sah Peter auf das Display und wählte dann langsam eine Nummer: 911!

»Hallo!«, hauchte er in das Telefon. »Hier spricht Peter Shaw. Ich möchte einen Mord anzeigen. Ich habe jemanden umgebracht.«

Den anderen am Tisch stockte der Atem.

»Das Opfer wohnt in Rocky Beach in der Sunrise Road. Es handelt sich um Justus, den Klugscheißer, Jonas.« Mit einem breiten Grinsen ließ Peter das Handy sinken.

Die drei ???® ... ihre großen Fälle!

- ☐ Der finstere Rivale
- ☐ Das düstere Vermächtnis
- ☐ und der Geisterzug
- ☐ Fußballfieber
- ☐ Geister-Canyon
- ☐ Schatten über Hollywood
- ☐ Schwarze Madonna
- ☐ Fluch des Drachen
- ☐ Haus des Schreckens
- ☐ Fels der Dämonen
- ☐ Der tote Mönch
- ☐ und das versunkene Dorf
- ☐ Das Geheimnis der Diva
- ☐ und die Fußball-Falle
- ☐ Grusel auf Campbell Castle
- ☐ Der namenlose Gegner
- ☐ Skateboardfieber
- ☐ Im Netz des Drachen
- ☐ Im Zeichen der Schlangen
- ☐ Die blutenden Bilder
- ☐ und der schreiende Nebel
- ☐ und die schwarze Katze
- ☐ und der verschollene Pilot
- ☐ Im Schatten des Giganten
- ☐ Fußball-Teufel
- ☐ und das blaue Biest
- ☐ und die brennende Stadt
- ☐ GPS-Gangster
- ☐ Das Rätsel der Sieben
7 Kurzgeschichten
- ☐ Straße des Grauens
- ☐ Die Spur des Spielers
- ☐ und das Phantom aus dem Meer
- ☐ Tuch der Toten
- ☐ Eisenmann
- ☐ Dämon der Rache
- ☐ Sinfonie der Angst
- ☐ und der gestohlene Sieg
- ☐ Die Rache des Untoten
- ☐ Der Geist des Goldgräbers
- ☐ Der gefiederte Schrecken
- ☐ und der Zeitgeist
6 Kurzgeschichten
- ☐ und die flüsternden Puppen
- ☐ Das Kabinett des Zauberers
- ☐ Im Haus des Henkers
- ☐ Schattenwelt
Trilogie
- ☐ und der letzte Song
- ☐ und der Hexengarten
- ☐ silbernes Amulett
- ☐ und der Mann ohne Augen
- ☐ Insel des Vergessens

kosmos.de/die_drei_fragezeichen